변신 · 시골의사 · 판결

지은이 **프란츠 카프카(Franz Kafka)**

1883년 프라하에서 태어난 독일어권 작가로 인간 존재의 불안과 부조리를 독특한 이야기로 표현한 20세기 문학의 대표적인 작가이다. 그는 낮에는 보험회사에서 일하고 밤에는 글을 쓰며 조용히 작품 활동을 이어 갔다. 카프카의 작품은 평범한 현실 속에서 갑자기 이해할 수 없는 사건이 벌어지는 기묘한 분위기로 유명하다. 대표작으로는 「변신」, 「심판」, 「시골의사」 등이 있으며 인간의 고립과 죄책감, 그리고 설명할 수 없는 권위와 갈등하는 인간의 모습을 깊이 있게 그려 낸다. 그의 작품은 현실과 환상이 뒤섞인 독특한 분위기로 현대 문학에 큰 영향을 주었다.

생전에는 크게 알려지지 않았지만 사후에 작품들이 출판되면서 오늘날 세계 문학을 대표하는 작가로 평가받고 있다.

옮긴이 **리터링크**

literature와 link의 의미를 담은 번역 그룹으로, 세계 문학을 서로 연결하는 것을 목표로 한다. 다양한 번역가들이 협력하여 원문의 의미와 문체를 자연스럽게 전달한다.

카프카 단편선

변신·시골의사·판결

프란츠 카프카 지음

나은길

역자의 글

어느 날 아침 눈을 뜨자 자신이 전혀 다른 존재가 되어 있다는 사실을 발견한다면 어떨까. 또는 한밤의 눈보라 속에서 이해할 수 없는 사건에 휘말려 낯선 세계로 떠밀린다면 어떨까. 혹은 가장 가까운 가족에게서 갑작스러운 판결을 듣게 된다면 어떨까. 카프카의 작품을 읽는다는 것은 바로 이런 질문 앞에 서는 일이다. 그의 이야기는 겉으로 보면 단순한 사건에서 시작되지만, 몇 페이지가 지나지 않아 독자는 자신이 익숙하게 알고 있던 현실의 질서가 조금씩 흔들리고 있다는 사실을 깨닫게 된다.

이 책에 실린 세 작품, 변신, 시골 의사, 판결은 서로 다른 이야기처럼 보이지만 사실 하나의 공통된 질문을 품고 있다. 인간은 왜 갑작스럽게 이해할 수 없는 상황 속에 놓이게 되는가, 그리고 그 상황 속에서 우리는 어떻게 자신을 바라보게 되는가 하는 질문이다. 카프카의 인물들은 대개 평범한 사람들이다. 그들은 특별한 영웅도 아니고 세상을 바꿀 힘을 가진 인물도 아니다. 그러나 바로 그 평범함 때문에 그들에게 벌어지는 사건은 더욱 낯설고 불안하게 느껴진다.

〈변신〉에서 그레고르 잠자는 어느 날 이유도 설명도 없이 벌레로 변한다. 이 이야기를 처음 읽는 독자는 흔히 "왜 이런 일이 일어났을까"라는 질문을 떠올린다. 하지만 카프카의 작품에서 중요한 것은 그 이유가 아니다. 중요한 것은 그 변화 이후에 드러나는 세계의 모습이다. 가족은 그레고르를 이해하려 하지 않고, 그는 점점 방 안에 고립된 존재가 되어 간다. 결국 이 이야기는 한 인간이 사회와 가족 속에서 어떻게 점점 보이지 않는 존재가 되어 가는지를 보여 주는 기묘한 우화처럼 읽히기도 한다.

〈시골 의사〉에서는 또 다른 형태의 낯선 세계가 펼쳐진다. 눈보라 속에서 환자를 찾아 떠나는 의사는 현실과 꿈 사이를 떠도는 듯한 경험을 하게 된다. 돼지우리에서 갑자기 나타나는 마부와 말, 순식간에 도착한 환자의 집, 그리고 이해할 수 없는 상처를 지닌 소년의 모습은 현실의 논리로 설명하기 어려운 장면들이다. 그러나 이러한 장면들은 인간이 어떤 상황 속에서 느끼는 무력감과 불안을 상징적으로 보여 준다. 카프카의 세계에서 인물들은 사건의 중심에 있으면서도 동시에 그 사건을 이해하지 못한 채 끌려가는 존재로 남는다.

〈판결〉은 세 작품 가운데 가장 짧지만 가장 강렬한 이야기다. 게오르크는 아버지와의 대화를 통해 자신이 전혀 예상하지 못한 결론에 도달한다. 이 작품에서 중요한 것은 사건의 논리가 아니라 권위와 죄책감, 그리고 가족 관계 속에서 형성되는 보이지 않는 힘이다. 카프카는 단 몇 장면만으로도 인간이 스스로를 어떻게 판단하고 또 어떻게 파멸로 향할 수 있는지를 보여 준다. 이 작품의 마지막 장면은 짧지만 오래도록 기억에 남는 이유도 바로 여기에 있다.

카프카의 이야기는 종종 "이해하기 어렵다"는 평가를 받는다. 그러나 그의 작품은 사실 매우 단순한 구조를 가지고 있다. 평범한 현실 속에서 시작된 이야기가 어느 순간 낯선 방향으로 기울어지고, 인물들은 그 변화 속에서 자신이 누구인지 다시 마주하게 된다. 그래서 카프카를 읽는 경험은 단순히 한 편의 이야기를 따라가는 일이 아니라 우리 자신이 살아가는 세계를 낯선 눈으로 바라보는 경험이 되기도 한다.

이 책에 실린 세 작품은 길지 않지만 카프카 문학의 핵심을 잘 보여 주는 이야기들이다. 처음 읽는 독자에게는 강렬한 인상을 남기고, 다시 읽는 독자에게는 또 다른 의미를 발견하게 한다. 독자는 이 이야기들 속에서 불안과 아이러니, 그리고 인간 존재에 대한 깊은 질문을 만나게 될 것이다. 어쩌면 카프카가 우리에게 남긴 가장 중요한 메시지는 이것일지도 모른다. 우리가 너무 익숙하게 믿고 있는 현실 역시 언제든 낯선 얼굴을 드러낼 수 있다는 사실 말이다.

차례

변신

I

어느 날 아침, 그레고르 잠자가 불안한 꿈에서 깨어났을
때 그는 침대 위에서 끔찍한 벌레로 변해 있는 자신을 발견
했다. 그는 갑옷 같은 등을 바닥으로 한 채 누워 있었고, 고
개를 조금만 들어 올리면 갈색의 배가 보였다. 배는 약간 둥
글게 부풀어 있었고, 아치 모양으로 나뉜 단단한 마디들로
구분되어 있었다. 이불은 그 몸을 간신히 덮고 있을 뿐이었
고 언제라도 미끄러져 떨어질 듯했다. 몸의 다른 부분에 비
해 한심할 정도로 가느다란 수많은 다리들이 그가 바라보는
동안 무력하게 휘저어지고 있었다.

"내게 무슨 일이 일어난 거지?"

그는 생각했다. 그것은 꿈이 아니었다. 그의 방은 비록 조
금 작기는 했지만 제대로 된 사람의 방이었고, 익숙한 네 벽

12 변신·시골의사·판결

사이에 평화롭게 자리 잡고 있었다. 테이블 위에는 직물 견본들이 널려 있었다. 잠자는 외판 사원이었기 때문이다. 그리고 그 위의 벽에는 그가 최근 삽화 잡지에서 오려내어 멋진 금박 액자에 넣어 둔 그림이 걸려 있었다. 그 그림에는 모피 모자와 모피 목도리를 두른 여인이 똑바로 앉아 팔뚝까지 덮는 커다란 모피 머프를 보는 쪽으로 들어 올리고 있는 모습이 그려져 있었다

그레고르는 창밖의 칙칙한 날씨를 바라보았다. 빗방울이 창유리에 부딪치는 소리가 들렸고, 그 소리는 그를 꽤 우울하게 만들었다.

"조금만 더 자서 이 모든 헛소리를 잊어버리면 어떨까."

그는 그렇게 생각했지만 그것은 그가 할 수 없는 일이었다. 그는 평소 오른쪽으로 누워 자는 데 익숙했는데, 지금의 상태로는 그런 자세를 취할 수 없었기 때문이다. 아무리 힘껏 오른쪽으로 몸을 돌리려 해도 그는 언제나 원래 있던 자리로 되돌아오고 말았다. 그는 아마도 백 번쯤은 시도했을 것이니. 허우적거리는 다리들을 보지 않으려고 눈을 감았고, 그곳에서 전에는 느껴 본 적 없는 가볍고 둔한 통증이 느껴지기 시작했을 때에야 비로소 멈췄다.

"오, 신이시여,"

그는 생각했다.

"내가 선택한 이 직업은 참으로 고된 일이구나! 날마다 출장을 다녀야 하고. 이런 식으로 장사하는 것은 집에서 자기 장사를 하는 것보다 훨씬 더 많은 노력이 필요하다. 게다가 끊임없는 출장, 기차 환승에 대한 걱정, 맛없고 불규칙한 식사, 끊임없이 다른 사람들과 접촉해야 해서 누구와도 친해지거나 가까워질 수 없다는 점까지. 다 지옥으로 가버려라!"

그는 배 위쪽이 살짝 가려운 것을 느꼈다. 머리를 더 잘 들수 있도록 등을 대고 천천히 머리맡 쪽으로 몸을 밀어 올렸다. 가려운 곳을 찾아보니 알 수 없는 수많은 작은 하얀 반점들로 뒤덮여 있었다. 그는 다리 하나로 그 부위를 만져 보려 했지만, 닿자마자 차가운 오한이 몰려와 재빨리 다리를 빼버렸다.

그는 다시 원래의 자세로 미끄러져 내려갔다.

"항상 이렇게 일찍 일어나다 보니,"

그는 생각했다.

"머리가 멍해지는군. 잠은 충분히 자야 하는데. 다른 외판사원들은 참 편하게 산다. 예를 들어 아침에 계약서를 작성

하러 게스트하우스로 돌아갈 때마다, 다른 사람들은 늘 거기 앉아 아침 식사를 하고 있지. 나도 사장에게 한번 그렇게 해봐야겠다. 당장 쫓겨나겠지만. 하지만 누가 알겠어, 어쩌면 그게 내게 가장 좋은 일일지도 몰라. 부모님을 생각하지 않아도 된다면 나는 진작에 사표를 냈을 것이다. 사장에게 다가가 내 생각을 그대로 말하고, 하고 싶은 말은 다 털어놓고, 내 감정을 정확히 알려 줬을 것이다. 사장은 책상에서 떨어질지도 모른다! 그리고 책상 위에 앉아 부하 직원들을 내려다보며 지시하는 것은 참 묘한 일이나. 특히 사장이 귀가 어두워 가까이 다가가 말해야 할 때는 더더욱 그렇다. 뭐, 아직 희망은 있다. 부모님이 사장에게 진 빚을 갚을 돈을 모으면, 아마도 다섯 해나 여섯 해쯤 더 걸리겠지만, 그때는 분명 그렇게 할 것이다. 그때야말로 큰 변화를 일으킬 거야. 하지만 우선은 일어나야 해. 기차가 다섯 시에 출발하니까.”

그는 서랍장 위에서 똑딱거리고 있는 알람시계를 흘끗 바라보았다.

“세상에!”

그는 생각했나. 시계는 여섯 시 반을 가리키고 있었고, 바늘은 조용히 앞으로 움직이고 있었다. 이미 여섯 시 반을 훌

쩍 넘겨 거의 여섯 시 사십오 분에 가까워 보였다. 알람시계가 울리지 않았던 걸까? 침대에 누운 채 시계를 떠올려 보니 분명 네 시로 맞춰 두었었다. 분명 울렸을 텐데. 그렇다면 그 가구를 흔들 듯한 소리를 듣고도 계속 잠을 잔걸까? 사실 그는 편히 잠든 것은 아니었지만, 어쩌면 그래서 오히려 더 깊이 잠들었는지도 모른다.

이제 어떻게 해야 할까? 다음 기차는 일곱 시에 출발한다. 그 기차를 타려면 미친 듯이 서둘러야 하는데, 견본 상품들은 아직 포장도 되어 있지 않았고, 그는 전혀 상쾌하거나 기운이 넘치는 기분도 아니었다. 설령 기차를 탄다 해도 사장의 노여움을 피할 수는 없을 것이다. 사무 보조원이 다섯 시 기차가 떠나는 것을 지켜보고 있었을 테니, 그레고르가 출근하지 않았다는 사실을 이미 보고했을 것이다. 그 사무 보조원은 사장의 심복으로, 비겁하고 눈치도 없는 사람이었다. 병가를 낸다면 어떨까? 하지만 그것은 너무 억지스럽고 의심스러워 보일 터였다. 오 년 동안 근무하면서 그레고르는 단한 번도 아픈 적이 없었기 때문이다. 사장은 분명 의사를 데리고 찾아와, 게으른 아들을 두었다며 부모를 나무랄 것이고, "아픈 사람은 거의 없고 일하기 싫어하는 사람만 많다"

고 늘 믿고 있는 그 의사의 말까지 들먹일 것이다. 게다가 이번 경우, 그 의사의 말이 완전히 틀렸다고 할 수도 없을 것 같았다. 사실 그레고르는 이렇게 오래 잠을 잔 뒤의 지나친 졸음을 제외하면 몸 상태는 아주 좋았고, 평소보다 훨씬 더 배가 고팠다.

그는 여전히 이 모든 것을 서둘러 곱씹으며 침대에서 일어나야 할지 말지 결정을 내리지 못하고 있었다. 그때 시계가 여섯 시 사십오 분을 알렸다. 바로 머리맡 쪽 문에서 조심스럽게 노크 소리가 들렸다.

"그레고르."

누군가가 불렀다. 어머니였다.

"여섯 시 사십오 분이다. 이제 출발해야 하지 않니?"

그 다정한 목소리! 그레고르는 자신의 목소리가 대답하는 것을 듣고 깜짝 놀랐다. 그 목소리는 예전의 자신의 목소리라고는 도저히 알아볼 수 없을 정도였다. 마치 몸속 깊은 곳에서 울려 나오는 것처럼 거칠고, 그 속에는 고통스럽고 제어할 수 없는 삐걱거리는 소리가 섞여 있었다. 처음에는 말이 알아들을 수 있을 정도로 들렸지만, 곧 이상한 울림이 뒤따르며 말을 흐릿하게 만들었고, 듣는 사람은 제대로 들은 것인지 확신할 수 없을 것 같았다.

그레고르는 제대로 대답하고 모든 것을 설명하고 싶었지만, 상황이 그렇게 할 수 없게 만들었다. 그는 결국 "네, 엄마, 네, 고마워요. 지금 일어날게요."라고 말하는 것으로 만족해야 했다. 그레고르의 목소리가 변한 것은 나무 문 너머에서는 쉽게 알아차리기 어려웠을 것이다. 어머니는 이 대답에 만족한 듯 발걸음을 옮겼다. 그러나 이 짧은 대화 덕분에 가족들은 예상과 달리 그레고르가 아직 집에 있다는 사실을 알게 되었고, 곧 아버지가 옆문 하나를 가볍게 두드리며 찾아왔다.

"그레고르, 그레고르."

그가 불렀다.

"무슨 일이냐?"

잠시 후 그는 목소리에 경고의 기색을 조금 더 담아 다시 불렀다.

"그레고르! 그레고르!"

다른 쪽 문에서는 여동생이 애처롭게 물었다.

"그레고르? 몸은 괜찮아? 뭐 필요한 거 있어?"

그레고르는 양쪽 모두에게 대답했다.

"이제 준비됐어."

그는 각 단어 사이에 긴 멈춤을 두고 매우 조심스럽게 발음함으로써, 목소리에서 느껴지는 낯선 기색을 지우려 애썼다. 아버지는 다시 아침 식사를 하러 돌아갔지만, 여동생은 문 너머에서 속삭였다.

"그레고르, 제발 문 좀 열어 줘."

그러나 그레고르는 문을 열 생각은 전혀 없었고, 오히려 출장 생활을 하며 몸에 밴 습과 덕분에 집에 있을 때주차 밤이면 모든 문을 짐가 두는 자신의 신중함을 스스로 징찬했다.

그가 가장 먼저 하고 싶은 일은 방해받지 않고 조용히 일어나 옷을 입고, 무엇보다 아침 식사를 하는 것이었다. 침대에 누워서는 어떤 합리적인 결론도 내릴 수 없다는 것을 잘 알고 있었기에, 그 후에야 비로소 다음 행동을 생각해 볼 작정이었다. 그는 침대에 누워 있을 때 가끔 가벼운 통증을 느끼곤 했던 기억이 났다. 아마도 자세가 불편해서였겠지만, 그것은 언제나 단순한 상상에 불과했다. 오늘은 자신의 심상들이 어떻게 서서히 풀려 나갈지 궁금해했다. 그리고 목소리의 변화 역시 외판 사원들에게 흔히 따라오는 직업병,

즉 심한 감기의 초기 증상일 뿐이라고 그는 조금도 의심하지 않았다.

이불을 걷어내는 일은 간단했다. 몸을 조금만 부풀리면 이불은 저절로 떨어졌다. 하지만 그 다음부터가 어려웠다. 특히 그의 몸이 유난히 컸기 때문이었다. 팔과 손을 사용해 몸을 일으키고 싶었지만, 그 대신 수많은 작은 다리들이 사방으로 끊임없이 움직이고 있었고 그는 그것들을 제어할 수도 없었다. 다리 하나를 구부리려고 하면 그 다리가 가장 먼저 쭉 뻗어 버렸다. 그리고 마침내 그 다리를 마음대로 움직일 수 있게 되면 다른 모든 다리들이 마치 풀려난 것처럼 고통스럽게 이리저리 움직였다.

"이건 침대 위에서는 할 수 없는 일이야."

그레고르는 스스로에게 말했다.

"그러니 계속 시도하지 마."

그가 가장 먼저 하고 싶었던 것은 하반신을 침대 밖으로 빼내는 것이었다. 그러나 그는 그 하반신을 아직 한 번도 제대로 본 적이 없었기 때문에 그것이 어떻게 생겼는지 상상조차 할 수 없었다. 움직이는 것은 몹시 힘들었고, 진행은 너무 느렸다. 마침내 거의 광란에 가까운 상태에서 모을 수 있는 모든 힘을 다해 무심코 몸을 앞으로 밀어냈을 때 그는 방향을 잘못 잡았고 침대 밑쪽 기둥에 세게 부딪치고 말았다. 그때 느껴진 타는 듯한 통증을 통해, 지금으로서는 하반신이 가장 예민한 부분일지도 모른다는 사실을 깨달았다.

그래서 그는 먼저 상체를 침대 밖으로 빼내 보려고 하며 조심스럽게 머리를 옆으로 돌렸다. 이 작업은 비교적 수월하게 이루어졌다. 몸의 넓이와 무게에도 불구하고 결국 몸통 대부분이 머리를 따라 천천히 움직이기 시작했다. 그러나 마침내 머리가 침대 밖으로 나와 신선한 공기를 느끼자, 그대로 몸을 내던진다면 머리가 다치지 않는 것이 오히려 기적일 것이라는 생각이 들었다. 그래서 그는 같은 방식으로 몸을 앞으로 밀어내는 것을 두려워하게 되었다. 게다가 지금은 어떤 대가를 치르더라도 기절할 수는 없었다. 의식을 잃는 것보다는 차라리 침대에 머무는 편이 나았다.

아까 있던 자리로 돌아가는 데에도 똑같은 노력이 필요했다. 그가 다시 그곳에 누워 한숨을 쉬며, 다리들이 이전보다 더 격렬하게 —그것이 가능하다면 서로 부딪히는 모습을 지켜보았을 때, 이 혼란 속에서 어떻게 평화와 질서를 되찾을 수 있을지 도무지 떠올릴 수 없었다. 그는 다시 한번 침대에 그대로 누워 있을 수는 없으며, 어떤 희생을 치르더라도 어떻게든 침대에서 벗어나는 것이 가장 현명한 일이라고 스스로에게 말했다. 그러나 동시에 성급하게 절망적인 결론에 이르기보다는 차분하게 상황을 생각해 보는 편이 훨씬 낫다는 사실도 잊지 않았다. 이럴 때면 그는 시선을 창가로 돌려 최대한 또렷하게 밖을 바라보곤 했다. 하지만 안타깝게도 좁은 거리 건너편조차 아침 안개에 휩싸여 있어 그 풍경은 그에게 아무런 확신도, 위안도 주지 못했다. 시계가 다시 울리자 그는 속으로 중얼거렸다.

"벌써 일곱 시라니, 일곱 시인데도 아직 이런 안개가 자욱하다니."

그는 잠시 더 조용히 누워 가볍게 숨을 쉬었다. 마치 완전한 정적이 모든 것을 다시 본래의 자연스러운 상태로 되돌려 줄 것이라 기대라도 하는 듯이.

그러다 그는 스스로에게 말했다.

"일곱 시 십오 분이 되기 전에는 반드시 제대로 침대에서 일어나야 해. 회사는 일곱 시 전에 문을 열 테니, 내게 무슨 일이 생겼는지 물어보러 누군가 찾아올 거야."

그래서 그는 몸 전체를 한꺼번에 침대 밖으로 내던지기로 했다. 이런 식으로 침대에서 떨어지는 데 성공하고, 떨어지는 동안 머리를 똑바로 들고 있기만 한다면 아마 머리를 다치는 일은 피할 수 있을 것 같았다. 그의 등은 꽤 단단해 보였고, 카펫 위로 떨어진다면 별일 없을 듯했다. 그의 가장 큰 걱정은 피할 수 없는 쿵 하는 소음이었다. 그 소리는 문 너머까지 전해져 경각심을 불러일으키지는 않더라도 적어도 우려를 자아낼 것이 분명했다. 하지만 그것은 감수해야 할 위험이었다.

그레고르가 이미 몸의 절반을 침대 밖으로 내민 상태였을 때 -이 새로운 방법은 노력이라기보다 거의 놀이에 가까웠고, 그저 몸을 앞뒤로 흔들기만 하면 되었기 때문이다- 누군가 와서 도와준다면 모든 것이 얼마나 간단해질지 문득 떠올랐다. 두 명의 튼튼한 사람, 예를 들어 아버지와 하녀만 있으면 충분했을 것이다. 그들은 그저 팔을 그의 둥근 등 아래로 밀어 넣어 그를 침대에서 들어 올린 뒤, 몸을 숙인 채 그가 바닥으로 넘어질 때까지 조심스럽게 기다리기만 하면 되었을 것이다. 바닥에 내려지면, 비니신데 그 녀석은 다리들이 제 역할을 해 줄 테니 말이다. 그러나 모든 문이 잠겨 있다는 사실은 차치하더라도, 정말로 도움을 청해야 할까? 그가 처한 곤

란한 상황에도 불구하고 이 생각을 하자 그는 자신도 모르게 미소를 지었다.

잠시 후 그는 이미 몸을 너무 멀리 옮겨 놓았다는 사실을 깨달았다. 이제는 조금만 세게 흔들어도 균형을 잡기 어려울 지경이었다. 시각은 일곱 시 십 분이었다. 그는 곧 최종 결정을 내려야 했다. 바로 그때 아파트 문에서 초인종이 울렸다.

"직장 동료일 거야."

그는 속으로 중얼거리며 꼼짝도 하지 않고 굳어 버렸지만, 그의 작은 다리들은 오히려 더욱 활기차게 움직였다. 잠시 동안 모든 것이 고요했다.

"문을 열지 않을거야."

그레고르는 터무니없는 희망에 사로잡혀 중얼거렸다. 하지만 하녀의 단호한 발걸음이 여느 때처럼 현관으로 향했고 곧 문이 열렸다. 그레고르는 방문객의 첫 인사를 듣자마자 그가 누구인지 알 수 있었다. 바로 지배인이었다.

왜 하필 자신만, 사소한 실수 하나에도 곧바로 심한 의심을 받는 회사에서 일해야 하는 운명에 처해 있는 것일까? 직원들은 모두, 단 한 명의 예외도 없이, 무뢰한들뿐이란 말인가? 아침에 적어도 두어 시간은 회사 업무에 매달리지 않으면 양심의 가책 때문에 미쳐 버릴 것처럼 침대에서조차 일어나지 못할 만큼 충성스럽고 성실한 사람은 단 한 명도 없는 것인가? 설령 확인이 필요했다 해도 직원 한 명을 보내 알아보게 하는 것만으로도 충분하지 않았을까? 그런데 왜 지배인이 직접 와야만 했을까? 그리고 이 일이 너무나 의심스러워서 오직 지배인만이 이를 조사할 지혜를 가졌다는 사실을, 순진한 가족들에게까지 보여 주어야 했단 말인가?

이런 생각들에 화가 치밀어 오른 탓에, 어떤 합리적인 판단 때문이라기보다 그는 온 힘을 다해 몸을 빌어 침대에서 떨어졌다. 커다란 쿵 하는 소리가 났지만 사실 그렇게 큰 소리는 아니었다. 카펫 덕분에 낙하의 충격이 조금은 완화되었고, 그의 등도 생각보다 탄력이 있어서 소리가 크게 울리지는 않았다. 그러나 머리를 제대로 보호하지 못해 떨어지면서 머리를 부딪쳤고, 짜증과 통증에 시달리며 고개를 돌려 카펫에 문질렀다.

"안쪽에서 뭔가 떨어지는 소리가 났어요."

위쪽 방에 있던 지배인이 말했다. 그레고르는 오늘 자신에게 일어난 것과 같은 일이 지배인에게도 일어날 수 있을지 잠시 상상해 보았다. 그럴 가능성도 없지는 않다고 인정해야 했다. 하지만 마치 그 질문에 퉁명스럽게 대답이라도 하듯, 광택이 나는 부츠를 신은 지배인의 단호한 발걸음 소리가 이제 옆방에서 들려왔다. 오른쪽 방에서는 여동생이 그에게 알리듯 속삭였다.

"그레고르, 지배인이 오셨어."

"그래, 알아."

그레고르는 속으로 중얼거렸다. 하지만 여동생이 들을 만큼 큰 소리로 말할 용기는 내지 못했다.

"그레고르,"

이제 왼쪽 방에서 아버지가 말했다.

"지배인이 들렀는데, 왜 아침 기차를 타지 않았는지 묻더구나. 우리가 뭐라고 대답해야 할지 모르겠어. 어쨌든 그분이 너와 직접 이야기하고 싶어 하신다. 그러니 제발 이 문을 열어라. 분명 그분도 네 방이 조금 어수선한 건 너그럽게 봐주실 거야."

그러자 지배인이 "좋은 아침입니다, 잠자 씨." 하고 불렀다.

"아들이 몸이 안 좋아요."

어머니가 지배인에게 말했고, 아버지는 문 너머로 계속 말을 이었다.

"몸이 안 좋습니다. 제 말 좀 믿어 주세요. 그 외에 그레고르가 왜 기차를 놓쳤겠어요! 그 녀석은 늘 일 생각만 합니다. 저녁에도 절대 외출을 하지 않아서 제가 화가 날 지경이에요. 시내에 온 지 일주일이나 되었는데 매일 저녁 집에만 있었어요. 부엌에서 우리와 함께 앉아 신문을 읽거나 기차 시간표를 들여다보곤 하죠. 그 녀석에게 휴식이란 톱질을 하는 거예요. 예를 들어 작은 액자를 하나 만들었는데, 이틀이나 사흘 밤밖에 걸리지 않았는데도 얼마나 멋진지 보시면 놀라실 겁니다. 그레고르 방에 걸려 있으니, 문만 열면 바로 보실 수 있을 거예요. 어쨌든 당신이 와 주셔서 정말 다행입니다. 우리만으로는 그레고르가 문을 열게 할 수 없었을 테니까요. 그 녀석은 정말 고집이 셉니다. 그리고 분명 몸이 좋지 않은 것 같습니다. 오늘 아침에는 괜찮다고 했지만, 사실은 아닌 것 같아요."

"금방 나갈게요."

그레고르는 천천히, 생각에 잠긴 듯 말했다. 그러나 대화의 한 마디도 놓치지 않으려고 그는 조금도 움직이지 않았다.

"날쎄요, 잠자 부인, 달리 설명할 방법이 없군요."

지배인이 말했다.

"심각한 일이 아니길 바랍니다. 하지만 한편으로 말씀드리자면, 우리 같은 사업하는 사람들은 몸이 조금이라도 좋지 않더라도, 좋든 싫든 업무 때문에 어쩔 수 없이 그것을 이겨 내야 하는 경우가 많습니다."

"그럼 지배인님이 지금 들어가서 되겠니?"

아버지가 다시 문을 두드리며 조급하게 물었다.

"아니요."

그레고르가 대답했다. 오른쪽 방에서는 고통스러운 침묵이 이어졌고, 왼쪽 방에서는 여동생이 울기 시작했다.

그렇다면 왜 여동생은 다른 사람들 곁으로 가지 않았을까? 아마 막 잠에서 깨어 옷을 입을 틈도 없었을 것이다. 그런데 왜 울고 있는 것일까? 그가 일어나지 않아서, 그리고 실직할지도 모르는 상황에서 지배인을 들여보내지 않았기 때문일까? 만약 그런 일이 생긴다면 사장이 다시 예전처럼 부모님을 괴롭히며 같은 요구를 되풀이할지도 모른다. 그러나 아직 그런 일들을 걱정할 필요는 없었다. 그레고르는 여전히 그곳에 있었고 가족을 버릴 생각은 조금도 없었다. 당분간 그는 그저 카펫 위에 누워 있을 뿐이었다. 그의 상태를 아는 사람이라면 누구도 그가 지배인을 들여보낼 것이라고 진지하게 기대하지는 않을 것이다. 그것은 사소한 실례에 불과했고, 나중에 적당한 변명을 얼마든지 찾을 수 있을 터였다. 그레고르가 그 자리에서 곧바로 해고될 만한 일도 아니었다. 게다가 지금으로서는 그에게 말을 걸거나 울며 소란을 피우기보다 그를 그대로 두는 편이 훨씬 현명해 보였다. 하지만 다른 사람들은 무슨 일이 일어나고 있는지 몰랐고 걱정하고 있었으니, 그들의 행동 역시 이해할 만한 것이었다.

그때 지배인이 목소리를 높였다.

"잠자 *씨*,"

그가 불렀다.

"도대체 무슨 일입니까? 당신은 방 안에 틀어박혀 '예'나 '아니오'로만 대답하고, 부모님께 심각하고도 불필요한 걱정을 끼치고 있습니다. -덧붙여 말씀드리지만- 당신은 직무 수행을 도저히 용납할 수 없는 방식으로 소홀히 하고 있습니다. 저는 지금 부모님과 당신의 사장님을 대신하여 말하고 있으며, 분명하고 즉각적인 설명을 요구하지 않을 수 없습니다. 저는 정말 놀랐습니다. 당신을 차분하고 분별력 있는 사람으로 알고 있었는데, 이제 와서는 갑자기 기이한 변덕을 부리며 허세를 부리는 것처럼 보입니다. 오늘 아침, 사장님이 당신이 출근하지 않은 이유에 대해 한 가지 가능성을 언급했습니다. 최근 당신에게 맡겨진 돈과 관련된 일이었지요. 물론 저는 그것이 사실일 리 없다고 거의 명예를 걸고 장담하려 했습니다. 그러나 지금 당신의 이해할 수 없는 고집을 보니 더 이상 당신을 위해 중재하고 싶은 마음이 전혀 들지 않습니다. 게다가 당신의 지위도 결코 안정적이라고 할 수 없습니다. 원래는 이 모든 말을 당신과 단둘이서 하려고 했습니다. 하지만 당신이 아무런 이유도 없이 제 시간을 이렇게 낭비하게 만들었으니, 당신의 부모님께서도 이 사실을 아셔야 할 것 같습니다. 최근 당신의 매출 실적은 매우 실망스럽습니다. 물론 지금이 사업이 잘되는 시기가 아니라는 점은 우리도 알고 있습니다. 그러나 사업을 전혀 하지 않는 시기라는 것은 결코 있을 수 없습니다, 잠자 씨. 그런 상황은 결코 용납될 수 없습니다."

"하지만 지배인님,"

그레고르는 정신이 혼미해질 만큼 흥분한 나머지 다른 모든 것을 잊고 외쳤다. "금방 문을 열겠습니다, 잠시만요. 몸이 좀 안 좋아서, 현기증이 나서 일어나지 못했어요. 지금도 침대에 누워 있었거든요. 하지만 이제는 꽤 괜찮아졌습니다.

막 침대에서 일어나고 있는 참이에요. 잠시만요, 조금만 기다려 주세요! 생각보다 쉽지가 않네요. 그래도 이제 곧 됩니다. 사람에게 갑자기 무슨 일이 일어날 수 있는지, 정말 놀랍네요! 어젯밤에는 괜찮았습니다. 부모님도 아실 거예요. 아니, 어쩌면 저보다 더 잘 아실지도 몰라요. 어젯밤에 이미 약간의 증상이 있었거든요. 분명 눈치채셨을 겁니다. 왜 직장에 말씀드리지 않았는지 모르겠네요! 하지만 당신은 어제나 집에 머물지 않고도 병을 이겨낼 수 있다고 생각하시잖아요. 제발 부모님을 괴롭히지 마세요! 당신이 하는 비난은 근거가 전혀 없습니다. 아무도 이런 일들에 대해 저에게 한마디도 한 적이 없어요. 제가 보낸 최신 계약서를 읽지 않으셨나 봅니다. 저도 여덟 시 기차로 출발할 겁니다. 이 몇 시간의 휴식이 저에게 힘을 주었으니까요. 기다리실 필요 없습니다, 지배인님. 저도 곧 사무실에 도착할 테니, 부디 사장님께 그 사실을 전해 주세요."

그레고르는 자신이 무슨 말을 하는지도 제대로 알지 못한 채 이 말을 쏟아내며 시법성 쪽으로 움직였다. 침대에서 이미 몇 번 연습해 둔 덕분인지, 그곳까지 가는 것은 그리 어렵지 않았다. 그는 이제 그 자리에서 몸을 일으키려 애썼다. 그는 정말로 문을 열고 싶었고, 정말로 그들에게 자신의 모습을 보여 주고 지배인과 이야기하고 싶었다. 다른 사람들은 너무나 간곡히 부탁하고 있었고, 그들이 자신을 보자마자 어떤 말을 할지 그는 궁금했다. 만약 그들이 충격을 받는다면 그것은 더 이상 그레고르의 책임이 아니게 될 것이니 그는 안심할 수 있을 터였다. 하지만 그들이 모든 일을 침착하게 받아들인다면 그 역시 당황할 이유는 없었고, 서둘러 움직인다면 정말로 여덟 시까지 역에 도착할 수도 있을 것 같았다.

처음 몇 번은 매끄러운 서랍장 위로 기어오르려다가 다시 미끄러져 내려왔지만, 마침내 마지막으로 한 번 힘껏 몸을 흔들어 그 위에 똑바로 서는 데 성공했다. 하반신에는 심한 통증이 있었지만 그는 더 이상 그것에 신경 쓰지 않았다. 이제 그는 근처에 있는 의자의 등받이에 몸을 기대고 작은 다리들로 의자 가장자리를 꽉 붙잡았다. 이쯤 되자 마음도 한결 가라앉았고, 지배인이 하는 말을 들을 수 있도록 조용히 귀를 기울였다.

"저 말 중 단 한 마디라도 알아들을 수 있겠습니까?"

지배인이 부모에게 물었다.

"설마 우리를 바보로 만들려는 건 아니겠지요."

"아, 세상에!"

이미 눈물을 흘리고 있던 어머니가 외쳤다.

"아이가 중병에 걸렸을지도 모르는데 우리가 아이를 괴롭히고 있었던 거야. 그레테! 그레테!"

그러고는 울부짖듯이 불렀다.

"엄마?"

여동생이 반대편에서 대답했다. 두 사람은 그레고르의 방을 사이에 두고 이야기하고 있었다.

"당장 의사를 불러야 해. 그레고르가 아파. 어서, 의사를 불러. 방금 그레고르가 말하는 거 들었어?"

"그건 동물의 목소리였어요."

지배인이 어머니의 비명과는 대조적으로 차분한 목소리로 말했다.

"안나! 안나!"

아버지는 현관을 지나 부엌 쪽을 향해 손뼉을 치며 외쳤다.

"지금 당장 열쇠 수리공을 불러 와!"

그러자 두 여자는 치맛자락을 휘날리며 곧바로 복도를 가로질러 뛰어갔고, 지나가며 아파트 현관문을 벌컥 열어젖혔다. 여동생이 어떻게 그렇게 빨리 옷을 입을 수 있었는지는 알 수 없었다. 문이 다시 쾅 하고 닫히는 소리는 들리지 않았다. 아마도 문을 열어 둔 채로 나간 것 같았다. 끔찍한 일이 일어난 집에서는 사람들이 흔히 그렇게 하듯이 말이다.

반면 그레고르는 훨씬 차분해져 있었다. 그래서 다른 사람들은 더 이상 그의 말을 알아듣지 못했지만, 그에게는 자신의 말이 충분히 분명하게 들렸다. 전보다도 훨씬 또렷하게 들렸다. 아마도 그의 귀가 그 소리에 점점 익숙해지고 있었기 때문일 것이다. 그러나 그들도 그에게 무언가 문제가 있다는 사실만은 분명히 깨달은 듯했고, 그를 도울 준비를 하고 있었다. 그의 상황에 대한 첫 반응이 자신감 있고 신중했기 때문에 그는 마음이 한결 가벼워졌다. 마치 다시 사람들 속으로 돌아온 듯한 느낌이었다. 그는 의사와 열쇠 수리공에게서 위대하고 놀라운 해결책이 나오기를 기대했다. 비록 두 사람을 뚜렷이 구분하지는 못했지만 말이다. 앞으로 나올 말이 무엇이든 결정적인 것이 될 터였기 때문에, 목소리를 최대한 또렷하게 하기 위해 그는 가볍게 기침을 했다. 하지만 너무 크게 하지 않도록 조심했다. 기침 소리조차도 사람의 기침과는 다르게 들릴 수 있었고, 그는 이제 그것을 스스로 판단할 자신이 없었기 때문이다.

한편 옆방은 아주 조용해져 있었다. 어쩌면 부모님이 식탁에 앉아 지배인이 낮은 목소리로 이야기하고 있을지도 몰랐고, 아니면 모두 문에 바짝 귀를 대고 서 있는지도 몰랐다.

그레고르는 의자를 밀며 천천히 문 쪽으로 이동했다. 문 앞에 이르자 의자를 그대로 두고 문에 몸을 던지듯 기대어, 다리 끝의 접착력을 이용해 몸을 곧게 세웠다. 그는 그 자리에서 잠시 멈추어 힘을 모은 뒤, 입으로 자물쇠의 열쇠를 돌리는 일을 시작했다. 불행히도 그에게는 제대로 된 이가 없는 듯했다. 그렇다면 어떻게 열쇠를 붙잡을 수 있을까? 하지만 이가 없다는 점은 물론 매우 튼튼한 턱으로 대신할 수 있었다. 그는 턱을 이용해 실제로 열쇠를 돌리기 시작했다. 갈색 액체가 입에서 흘러나와 열쇠 위로 흘러내려 바닥에 떨어지고 있었으니, 분명 무언가 손상을 입히고 있었을 것이다.

"들어봐."

옆방에 있던 지배인이 말했다.

"저 녀석이 열쇠를 돌리고 있어."

이 말을 듣자 그레고르는 큰 용기를 얻었다. 하지만 모두가, 아버지와 어머니까지도 그에게 외쳐야 했다.

"잘하고 있어, 그레고르!"

그들은 외쳤다.

"계속해! 열쇠를 꼭 붙잡아!"

모두가 흥분하여 그의 노력을 지켜보고 있다는 생각에, 그는 스스로에게 가해지는 고통은 아랑곳하지 않고 온 힘을 다해 열쇠를 입으로 물었다. 열쇠가 돌아가자 그는 입으로 몸을 지탱한 채 열쇠와 함께 자물쇠를 돌렸고, 필요에 따라 온몸의 무게를 실어 열쇠를 붙잡거나 다시 밀어 넣었다. 자물쇠가 툭 하고 제자리로 돌아가는 분명한 소리는 그레고르에게 이제 힘을 풀어도 좋다는 신호였다. 그는 숨을 고르며 스스로에게 말했다.

"그래, 결국 열쇠 수리공은 필요 없었군."

그러고는 문을 완전히 열기 위해 머리를 문 손잡이에 기대었다.

이렇게 문을 열어야 했기 때문에, 그가 모습을 드러내기 전에 문은 이미 활짝 열려 있었다. 그는 먼저 이중문 가운데 하나를 중심으로 몸을 천천히 돌려야 했고, 방 안으로 들어가기 전에 뒤로 넘어지지 않도록 아주 조심스럽게 움직여야 했다. 그는 여전히 이 어려운 동작에 몰두해 있어 다른 것에는 주의를 기울일 수 없었다. 그때 지배인이 바람이 새는 듯한 큰 "오!" 하는 탄성을 내지르는 소리가 들렸다. 이제 그도 그레고르를 보았다. 그는 문에서 가장 가까운 곳에 서 있었는데, 손을 벌린 채 입을 가리고 있었고, 마치 꾸준하고 보이지 않는 힘에 밀리는 것처럼 천천히 뒤로 물러나고 있었다. 그레고르의 어머니는 지배인이 그 자리에 있음에도 불구하고, 마치 막 잠자리에서 일어난 사람처럼 머리가 여전히 헝클어진 채로 아버지를 바라보았다. 그러다가 팔을 풀고 그레고르 쪽으로 두 걸음 다가가더니 그 자리에서 바닥에 주저앉았다. 머리는 가슴 속으로 파묻혔고 치마는 사방으로 퍼져 나갔다. 아버지는 적대적인 표정을 지으며, 마치 그레고르를 방 안으로 밀어 넣으려는 듯 주먹을 꽉 쥐었다. 그러고는 거실을 두리번거리다가 두 손으로 눈을 가리고 울음을 터뜨렸고, 그의 듬직한 가슴이 크게 요동쳤다.

그래서 그레고르는 방 안으로 더 들어가지 않고, 여전히 빗장으로 잠겨 있는 다른 문 안쪽에 몸을 기대었다. 그렇게 해서 그의 몸은 반쯤만 보였고, 그 위로 삐져나온 머리는 한쪽으로 기울어 다른 사람들을 훔쳐보고 있었다. 그 사이 날은 훨씬 밝아져 있었다. 길 건너편에 끝없이 이어진 회흑색

건물 -병원이었다- 의 일부가 꽤 또렷하게 보였다. 엄숙하고 규칙적인 창문 줄이 외벽을 따라 길게 늘어서 있었다. 비는 여전히 내리고 있었지만, 이제는 커다란 빗방울들이 하나씩 떨어져 땅에 부딪히고 있었다. 아침 식사를 마친 뒤 설거지할 그릇들이 식탁 위에 그대로 놓여 있었다. 그 양이 많은 것은 그레고르의 아버지에게 아침 식사가 하루 중 가장 중요한 식사였기 때문이었다. 그는 여러 신문을 읽으며 몇 시간씩 식사를 질질 끌곤 했다 반대편 벽에는 군 중위 시절의 그레고르 사진이 걸려 있었다. 그는 칼을 손에 쥔 채 군복을 입고 당당한 자세로 서 있었고, 존경을 불러일으키는 모습 속에서 무심한 미소를 짓고 있었다. 현관문은 열려 있었고, 아파트 정문도 열려 있었기 때문에 복도와 아래로 이어지는 계단까지 훤히 내다볼 수 있었다.

"자, 그럼."

그레고르는 자신만이 침착함을 유지하고 있다는 사실을 잘 알면서도 말했다.

"지금 당장 옷을 입고 견본을 챙겨서 굴빌 하겠습니다. 제발 그냥 나가게 해 주시겠습니까? 보시다시피."

그는 지배인에게 말했다.

"저는 고집이 센 사람이 아닙니다. 저는 제 일을 좋아합니다. 영업사원이라는 직업은 고달프지만, 출장을 가지 않으면 생계를 유지할 수 없으니까요. 그럼 어디로 가시겠습니까? 사무실로 돌아가시겠지요? 그렇다면 모든 상황을 정확히 보고해 주시겠습니까? 누군가가 일시적으로 일을 할 수 없는 상황이 생길 수도 있습니다. 하지만 바로 그럴 때일수록 과거에 이룬 성과를 떠올리고, 나중에 어려움이 지나가면 그 사람이 더욱 부지런하고 집중해서 일하게 된다는 점을 생각해 주셔야 합니다. 저는 사장님에게 많은 빚을 지고 있을 뿐만 아니라 부모님과 여동생까지 부양해야 하는 처지라는 것을 잘 아실 겁니다. 그렇지만 저는 다시 힘을 내서 이 상황을 극복해 나갈 것입니다. 제발 이미 힘든 상황을 더 어렵게 만들지 말아 주십시오. 회사에서 저를 편들어 주십시오. 영업사원을 좋아하는 사람은 아무도 없다는 사실을 저도 잘 알고 있습니다. 사람들은 우리가 엄청난 급여를 받으면서도 편안하게 지낸다고 생각하지요. 하지만 그것은 단지 편견일 뿐입니다. 그렇다고 해서 사람들이 그 생각을 고칠 특별한 이유도 없습니다. 하지만 지배인님, 당신은 다른 직원들보다 상황을 훨씬 더 잘 알고 계십니다. 사실 비밀로 말씀드리자면 사장님 본인보다도 더 잘 알고 계시지요. 사업을 하는 사람은 직원들을 오해하거나, 필요 이상으로 가혹하게 판단하기가 쉽기 때문입니다. 게다가 지배인님께서는 우리 외판 사원들이 거의 일 년 내내 회사 밖에서 지낸다는 사실도 잘 알고 계실 것입니다. 그래서 우리는 소문이나 우연한 이야기, 근거 없는 불만의 희생양이 되기 쉽습니다. 그런 일들로부터 자신을 방어하기도 거의 불가능합니다. 우리는 대개 그런 일을 듣지도 못하고, 설령 듣는다 해도 출장에서 지쳐 집으로 돌아왔을 때뿐입니다. 그때서야 비로소 무슨 일이 있었는지도 모른 채 그 여파를 온몸으로 느끼게 되지요. 제발, 떠나기 전에 적어도 제가 어느 정도 옳다는 것을 인정한다는 뜻으로 한마디만 해 주십시오!"

하지만 지배인은 그레고르가 말을 꺼내자마자 등을 돌렸다. 그는 입술을 내밀고, 떨리는 어깨 너머로 그레고르를 빤히 쳐다보기만 한 채 천천히 자리를 떴다. 그레고르가 말을 하는 동안에도 그는 단 한순간도 가만히 서 있지 않았고, 시선을 떼지 않은 채 조금씩 문 쪽으로 물러났다. 마치 방을 나가는 것이 어떤 보이지 않는 금지에라도 묶여 있는 것처럼 그는 아주 느리게 움직였다. 현관에 거의 다다랐을 때에야 그

는 갑자기 몸을 홱 돌리며 거실에서 발을 떼고 공포에 질린 채 앞으로 달려 나갔다. 현관에 이르자 그는 마치 그곳에 자신을 구해 줄 어떤 초자연적인 힘이 기다리고 있기라도 한 듯 오른손을 계단 쪽으로 멀리 뻗었다.

그레고르는 회사에서 자신의 입지가 심각하게 흔들리지 않으려면 지배인이 이런 기분으로 떠나게 내버려 둘 수 없다는 것을 깨달았다. 이 점을 부모님은 잘 이해하지 못하고 있었다. 수년 동안 부모님은 이 회사가 그레고르이 평생 생계를 책임저 줄 것이라고 굳게 믿어 왔고, 게다가 현재 걱정거리가 너무 많아 미래에 대한 생각은 아예 하지 못하고 있었다. 하지만 그레고르는 미래를 생각하고 있었다. 지배인을 붙잡아 두고 진정시키고 설득하여 마음을 돌려놓아야 했다. 그레고르와 가족의 미래가 바로 거기에 달려 있었다. 여동생이 여기 있었더라면 얼마나 좋았을까. 그녀는 영리했다. 그레고르가 아직 평화롭게 등을 대고 누워 있을 때에도 그녀는 이미 눈물을 흘리고 있었다. 게다가 지배인은 여자를 좋아하는 사람이니, 그녀가 그를 설득할 수도 있었을 것이다. 그녀가 현관문을 닫고, 그가 충격에서 벗어나도록 달래 줄 수도 있었을 것이다. 하지만 여동생은 없었고, 그레고르가 직접 그 일을 해내야 했다.

자신이 아직 이 몸을 제대로 다루는 데 익숙하지 않다는 사실도, 자신의 말이 여전히 -아니, 어쩌면- 제대로 이해되지 않을 수도 있다는 점도 미처 생각하지 못한 채 그는 문을 놓아버렸다. 틈 사이로 몸을 밀어 넣고 계단참에 서 있는 지배인에게 다가가려고 했다. 지배인은 우스꽝스럽게도 양손으로 난간을 꽉 붙잡고 있었다. 그러나 그레고르는 곧 균형을 잃고 넘어졌고, 붙잡을 곳을 찾으며 작은 비명을 지르며 수많은 작은 다리 위로 떨어졌다. 얼마 지나지 않아 그는 그날 처음으로 자신의 몸이 제대로 움직인다는 느낌을 받기 시작했다. 작은 다리들은 단단한 바닥을 딛고 있었고, 기쁘게도 다리들은 그의 의지에 따라 정확히 움직였다. 심지어 그가 가고 싶은 곳으로 그를 데려가려고 애쓰고 있는 듯했다. 그는 자신의 모든 불행이 이제 곧 끝날지도 모른다고 믿기 시작했다. 움직이고 싶은 충동을 억누르며 바닥에 웅크린 채 좌우로 몸을 흔들었다.

어머니는 그로부터 멀지 않은 곳에 서 있었다. 처음에는 깊은 생각에 잠겨 있는 듯 보였지만, 갑자기 두 팔을 벌리고 손가락을 활짝 펴며 외쳤다.

"도와줘요, 제발, 도와주세요!"

그녀가 고개를 들고 있는 모습은 마치 그레고르를 더 잘 보려는 것처럼 보였지만, 곧 무심코 뒤로 급히 물러나는 모습을 보면 그렇지 않다는 것을 알 수 있었다. 그녀는 아침 식사가 가득 놓인 식탁이 바로 뒤에 있다는 사실을 잊고 있었던 것이다. 식탁에 이르자 그녀는 자신이 무엇을 하는지도 모른 채 재빨리 그 위에 앉았고, 커피 주전자가 넘어져 커피가 카펫 위로 쏟아지고 있다는 사실조차 알아차리지 못하는 듯했다.

"어머니, 어머니."

그레고르는 고개를 들어 어머니를 바라보며 부드럽게 말했다. 그는 잠시 동안 지배인을 완전히 잊고 있었다. 그러나 쏟아지는 커피를 보자 자신도 모르게 턱을 홱홱 움직이며 허공을 씹어대기 시작했다. 그 모습에 어머니는 다시 비명을 지르며 식탁에서 뛰어내려 아버지의 품으로 달려갔다. 하지만 그레고르는 이제 부모님을 신경 쓸 겨를이 없었다. 지배인은 이미 계단까지 내려가 있었고, 난간에 턱을 피고 마지막으로 뒤를 돌아보고 있었다. 그레고르는 그를 향해 달려갔다. 반드시 붙잡아야 했다.

그러나 지배인은 무엇인가를 예상했던 듯 계단 몇 단을 한 번에 뛰어 내려 사라졌고, 그의 비명 소리가 계단 아래로 길 게 울려 퍼졌다. 안타깝게도 지배인의 도주는 아버지마저 당황하게 만든 듯했다. 그때까지는 비교적 침착했던 아버지였 지만, 이제는 그레고르를 직접 쫓아가지도 않았고, 그레고르 가 뒤쫓아가는 것을 막지도 않았다. 대신 아버지는 오른손으 로 지배인이 의자 위에 두고 간 지팡이를 움켜쥐었다. 모자 와 외투도 함께 놓여 있었다. 왼손으로는 탁자 위의 커다란 신문을 집어 들었다. 그리고 그것들로 그레고르를 방 안으로 몰아넣기 시작했다. 발을 쿵쿵 구르며 계속 위협했다.

그레고르가 아무리 겸손하게 고개를 숙이며 애원해도 아 무 소용이 없었다. 아버지는 발을 더 세게 구를 뿐이었다. 방 반대편에서는 쌀쌀한 날씨에도 불구하고 어머니가 창문을 활짝 열어젖히고 몸을 멀리 내민 채 두 손으로 얼굴을 가리 고 있었다. 거리에서 계단 쪽으로 강한 바람이 불어 들어왔 다. 커튼이 펄럭이고 탁자 위의 신문들이 날리다가 몇 장은 바닥으로 떨어졌다. 아버지는 미친 사람처럼 쉭쉭 소리를 내 며 그레고르를 몰아붙였다. 그레고르는 뒤로 움직이는 데 익 숙하지 않았기 때문에 아주 천천히밖에 물러날 수 없었다.

만약 뒤를 돌아볼 수만 있었다면 금세 자기 방으로 돌아갈 수 있었겠지만, 그렇게 시간을 끌다 아버지가 화를 낼까 두려웠다. 언제든 손에 든 지팡이로 등이나 머리를 내리칠지도 모른다는 공포도 있었다.

결국 그레고르는 똑바로 뒤로 물러서는 것이 불가능하다는 사실을 깨달았다. 그래서 그는 아버지를 불안한 눈빛으로 바라보며 가능한 한 빨리 몸을 돌리기 시작했다. 속도는 매우 느렸다. 하지만 아버지는 그의 의도를 알아챘는지 방해하지 않았고, 오히려 가끔 지팡이 끝으로 어느 쪽으로 돌아야 할지 방향을 가리켜 주기도 했다. 다만 그 쉭쉭거리는 숨소리만 멈춘다면 좋을 텐데. 그 소리는 그레고르를 몹시 혼란스럽게 만들었다. 몸을 거의 다 돌렸을 무렵 그는 그 소리에 정신이 흐트러져 방금 왔던 방향으로 조금 되돌아가고 말았다. 마침내 머리를 문 앞으로 내밀었을 때 그는 기뻤다. 하지만 문이 너무 좁고 자신의 몸이 너무 넓어 그대로는 통과할 수 없다는 것을 곧 깨달았다.

아버지는 그 순간에도 눈을 더 열어 줄 생각은 전혀 하지 않았다. 그레고르가 통과할 수 있도록 문을 넓혀 줄 생각은 없었다. 아버지는 그저 그레고르를 가능한 한 빨리 방 안으로 밀어 넣어야 한다는 생각에 사로잡혀 있었다. 그레고르가 몸을 세워 문을 통과할 준비를 할 시간조차 주지 않았다. 아버지는 더 크게 쉭쉭 소리를 내며 그를 앞으로 밀어붙였다. 마치 아무것도 앞을 가로막고 있지 않은 것처럼 세게 밀어붙였다. 그레고르에게는 마치 뒤에 아버지가 한 명이 아니라 여러 명 있는 것처럼 느껴졌다. 그는 결국 무슨 일이 일어나든 상관하지 않고 몸을 문간으로 밀어 넣었다.

몸의 한쪽이 들리더니 그는 문턱에 비스듬히 걸린 채 누워 버렸다. 한쪽 옆구리는 하얀 문에 긁혀 고통스럽게 상처가 났고, 문에는 역겨운 갈색 얼룩이 남았다. 그는 곧 문 사이에 꽉 끼어 꼼짝도 할 수 없게 되었다. 한쪽의 작은 다리들은 공중에서 떨며 매달려 있었고, 다른 쪽의 다리들은 바닥에 눌려 고통스럽게 꿈틀거리고 있었다. 그때 아버지가 뒤에서 세게 밀어붙였다. 그 힘에 그레고르는 끼어 있던 자리에서 풀려나 피를 흘리며 방 깊숙이 날아갔다. 문은 지팡이에 밀려 쾅 하고 닫혔다. 그리고 마침내 모든 것이 조용해졌다.

II

그날 저녁, 어둠이 내리기 시작할 무렵이 되어서야 그레고르는 혼수상태와도 같은 깊은 잠에서 깨어났다. 누군가 깨우지 않았더라도 그는 곧 깨어났을 것이다. 충분히 잠을 자서 몸이 완전히 개운했기 때문이다. 하지만 그는 급히 움직이는 발소리와 거실로 통하는 문이 조심스럽게 닫히는 소리에 잠에서 깬 것 같다는 느낌을 받았다. 가로등의 빛이 천장과 가구 위쪽을 여기저기 희미하게 비추고 있었지만, 그레고르가 있는 아래쪽은 어두웠다. 그는 무슨 일이 있었는지 확인하기 위해, 이제야 그 가치를 깨닫기 시작한 더듬이로 서툴게 길을 더듬으며 문 쪽으로 기어갔다. 그의 왼쪽 몸 전체는 마치 깊게 씻어진 흉터처럼 욱신거렸고, 그는 두 줄의 다리로 심하게 절뚝거리며 움직였다. 그날 아침 일로 다리 하나가 크게 다쳤는데, 그것이 하나뿐이었다는 사실은 거의 기적에 가까웠다. 그 다리는 생기 없이 바닥을 질질 끌고 있었다.

문 가까이 이르러서야 무엇이 자신을 그곳으로 이끌었는지 깨달았다. 바로 음식 냄새였다. 문 옆에는 달콤한 우유가 담긴 접시가 놓여 있었고, 그 안에는 작은 흰 빵 조각들이 떠 있었다. 그는 아침보다 훨씬 더 배가 고팠기 때문에 기쁨에 거의 웃음이 터질 뻔했고, 곧바로 머리를 우유 속에 담가 눈까지 잠길 뻔했다. 그러나 곧 실망하며 고개를 다시 들었다. 아픈 왼쪽 옆구리 때문에 음식을 먹기가 힘들었을 뿐만 아니라, 온몸을 킁킁거리며 움직여야 겨우 먹을 수 있었기 때문이었다. 게다가 우유 맛도 전혀 입에 맞지 않았다. 우유는 평소에 그가 가장 좋아하는 음료였고, 여동생도 분명 그것을 알고 있었기에 우유를 가져다놓았을 것이다. 그러나 그는 거의 자신의 의지와 상관없이 접시에서 몸을 돌려 방 한가운데로 기어 들어갔다.

문 틈 사이로 그는 거실의 가스등이 켜져 있는 것을 볼 수 있었다. 이 시간이라면 평소에는 아버지가 저녁 신문을 들고 앉아 어머니에게, 때로는 여동생에게도 큰 소리로 읽어 주곤 했다. 그러나 지금은 아무 소리도 들리지 않았다. 여동생은 종종 편지에서 그 독서 시간을 이야기하곤 했지만, 어쩌면 아버지가 최근 들어 그 습관을 잃어버린 것일지도 몰랐다. 분명 집 안에는 사람들이 있었을 텐데도 사방은 지나치게 조용했다.

"우리 가족의 삶은 참으로 조용하구나."

그레고르는 혼잣말처럼 중얼거렸다. 그는 어둠 속을 바라보며, 이렇게 훌륭한 집에서 부모님과 여동생에게 그런 생활을 제공할 수 있었다는 사실에 큰 자부심을 느꼈다. 그러나 만약 이 모든 평화와 풍요와 안락함이 끔찍하고 두려운 결말로 이어진다면 어떻게 될까 하는 생각도 스쳐 지나갔다. 그레고르는 그런 생각을 떨쳐 버리려 방 안을 기어 다니기 시작했다.

그 긴 저녁 동안 한 번은 방 한쪽 문이 살짝 열렸다가 곧바로 닫혔고, 조금 뒤에는 반대쪽 문도 같은 식으로 열렸다가 닫혔다. 누군가 들어오려다 마음을 바꾼 것 같았다. 그레고르는 곧바로 문 쪽으로 다가가 기다렸다. 겁에 질린 사람을 어떻게든 방 안으로 들이들이거나, 적어도 그 사람이 누구인지 알아내겠다는 생각이었다. 그러나 그날 밤 문은 더 이상 열리지 않았고, 그는 헛되이 기다렸다. 전날 아침 문들이 잠겨 있었을 때는 모두가 그를 만나고 싶어 했지만, 이제는 그가 한쪽 문을 열어 두었고 다른 문도 낮 동안 분명 잠금이 풀려 있었는데도 아무도 오지 않았다. 열쇠는 반대편 문에 꽂힌 채 그대로였다.

늦은 밤이 되어서야 거실의 가스등이 꺼졌다. 부모님과 여동생이 그동안 줄곧 깨어 있었다는 사실이 분명해졌다. 그들이 발끝으로 조심스럽게 자리를 뜨는 소리가 또렷하게 들렸기 때문이다. 아침이 될 때까지 그의 방에 아무도 들어오지 않을 것이라는 사실도 분명해졌다. 덕분에 그는 방해받지 않고 자신의 삶을 앞으로 어떻게 꾸려 나갈지 생각할 시간을 갖게 되었다. 그런데 이상하게도, 지난 다섯 해 동안 살아왔던 그 넓고 텅 빈 방 바닥에 엎드려 있으니 마음이 불안해졌다. 약간의 부끄러움 외에는 자신이 무엇을 하고 있는지 거의 의식하지 못한 채 그는 소파 밑으로 서둘러 들어갔다. 소파가 등을 살짝 눌러 더 이상 고개를 들 수 없게 되었지만, 그럼에도 그는 즉시 안도감을 느꼈다. 다만 몸이 너무 커서 전부 소파 밑으로 들어가지 못한다는 것이 아쉬웠다.

그는 그곳에서 밤을 보냈다. 때로는 얕은 잠에 빠지기도 했지만 배고픔 때문에 자주 깨어났고, 또 때로는 걱정과 막연

한 희망에 잠기기도 했다. 그러나 그 모든 생각은 언제나 같은 결론으로 이어졌다. 당분간은 침착해야 하며, 인내심을 갖고 최대한 조심스럽게 행동해야 한다는 것이었다. 그래야만 가족들이 자신의 현재 상태 때문에 겪게 된 불편을 견딜 수 있을 것 같았다.

그 결심이 얼마나 단단한지 시험해 볼 기회는 곧 찾아왔다. 다음 날 이른 아침, 밤이 채 끝나기도 전에 거의 옷을 다 입은 여동생이 거실 쪽 문을 열고 불안한 눈빛으로 안을 들여다본 것이다. 그녀는 처음에는 그를 알아보지 못했지만, 소파 밑에서 그의 모습을 발견하자마자 -그는 분명 어딘가에 있어야 했다. 날아가 버렸을 리는 없었기 때문이다- 너무 놀란 나머지 문을 쾅 닫아 버렸다. 그러나 곧 자신의 행동을 후회한 듯 다시 문을 열고, 마치 중병 환자나 낯선 사람의 방에 들어가는 것처럼 발끝으로 조심스럽게 안으로 들어왔다.

그레고르는 머리를 조금 내밀어 소파 가장자리에 붙인 채 그녀를 지켜보았다. 그녀가 우유가 그대로 남아 있는 것을 보고 그가 배가 고프지 않은 것이 아니라는 사실을 깨닫고 다른 음식을 가져다줄까 생각할까. 만약 그녀가 스스로 알아차리지 못한다면 그는 차라리 굶을지언정 그녀의 주의를 끌고 싶지 않았다. 물론 소파 밑에서 뛰쳐나와 여동생의 발치에 엎드려 맛있는 음식을 달라고 애원하고 싶은 끔찍한 충동도 들었다. 그러나 여동생은 가득 찬 접시를 곧바로 발견했고, 접시와 주변에 튄 몇 방울의 우유를 놀란 눈으로 바라보았다. 그녀는 곧 맨손이 아니라 천을 사용해 접시를 집어 들고 밖으로 가져갔다.

그레고르는 그녀가 어떤 음식을 가져올지 궁금해하며 온갖 상상을 했지만, 그녀가 실제로 무엇을 가져올지는 전혀 짐작할 수 없었다. 여동생은 그의 입맛을 알아보기 위해 여러 가지 음식을 낡은 신문지 위에 펼쳐 놓았다. 반쯤 썩은 채소, 굳어 버린 화이트 소스가 묻은 저녁 식사 때의 뼈들, 건포도와 아몬드 몇 알, 이틀 전 그레고르가 먹지 못한다고 했던 치즈, 마른 롤빵, 그리고 버터와 소금을 바른 빵이 있었다. 게다가 아마 그레고르 전용으로 준비한 듯한 접시에 물도 조금 따라 옆에 놓아 두었다. 그런 뒤 그가 자기 앞에서 먹지 않을 것이라는 사실을 알고 있었기 때문에 그의 기분을 배려해 서둘러 방을 나갔고, 심지어 자물쇠에 열쇠를 돌려 잠가 두었다. 그레고르가 마음껏 편하게 먹을 수 있도록 한 것이다.

그레고르의 작은 다리들이 윙윙거리며 움직였다. 드디어

먹을 수 있게 된 것이다. 게다가 움직이는 데 아무런 어려움이 없었기 때문에 상처도 이미 나아 버린 것처럼 느껴졌다. 이 사실은 그를 놀라게 했다. 한 달도 더 전에 칼에 손가락을 살짝 베었을 때의 일이 떠올랐다. 그 상처는 엊그제까지만 해도 아팠기 때문이다.

"내가 예전보다 감각이 무뎌진 걸까."

그는 그렇게 생각하며 신문지 위에 놓인 음식 가운데 가장 강한 냄새로 그를 끌어당긴 치즈를 탐욕스럽게 빨아먹었다. 그는 기쁨에 눈물이 날 것처럼 치즈와 채소, 소스를 차례로 먹어 치웠다. 그러나 신선한 음식은 전혀 입에 맞지 않았다. 심지어 먹고 싶은 음식도 냄새를 참을 수 없어 조금 떨어진 곳으로 밀어 두었다.

한참 뒤 여동생이 자물쇠를 천천히 돌리며 돌아오자 그는 깜짝 놀라 소파 밑으로 다시 숨어들었다. 음식을 너무 많이 먹은 탓에 몸이 약간 부풀어 올라 좁은 공간에서는 숨쉬기조차 힘들었다. 그는 숨이 막힐 듯한 상태로 눈을 크게 뜨고 여동생이 아무렇지도 않게 빗자루로 남은 음식들을 쓸어 모으는 모습을 지켜보았다. 여동생은 그가 손도 대지 않은 음식까지 마치 쓸모없는 것처럼 한데 섞어 버렸다. 그리고 그것들을 쓰레기통에 쏟아 넣고 나무 뚜껑을 덮은 뒤 밖으로 가져갔다. 그녀가 등을 돌리자마자 그레고르는 다시 소파 밑에서 나와 몸을 길게 뻗었다.

그레고르가 음식을 받는 방식은 늘 비슷했다. 첫 번째는 아침으로, 부모님과 하녀가 아직 잠들어 있을 때였고 두 번째는 정오 무렵, 모두가 식사를 마친 뒤였다. 그때 부모님은 잠시 낮잠을 자곤 했고 여동생은 하녀를 심부름 보내곤 했다. 부모님도 물론 아들이 굶주리는 것을 바라지는 않았지만, 아들이 먹는 모습을 직접 보는 것보다는 누군가에게 전해 듣는 편이 그들에게는 훨씬 감당하기 쉬웠을 것이다. 여동생 역시 부모님이 이미 충분히 고통받고 있다는 것을 알았기 때문에, 가능한 한 더 큰 괴로움은 겪지 않도록 배려하려 했던 것일지도 몰랐다.

그레고르는 첫날 아침 부모님이 의사와 열쇠 수리공을 집 밖으로 돌려보내기 위해 무슨 말을 했는지 알아낼 수 없었다. 아무도 그의 말을 이해하지 못했기 때문에, 여동생을 포함해 그 누구도 그가 사람의 말을 알아들을 수 있다고 생각하지 않았기 때문이다. 그래서 그는 여동생이 방을 드나들며 내뱉는 한숨과 작은 기도 소리를 듣는 것으로 만족해야 했다. 시간이 지나 그녀가 상황에 조금 익숙해졌을 때 -물론 완전히 익숙해질 수는 없었겠지만- 그레고르는 때때로 그녀의 친근한 말을 듣기도 했다. 그가 음식을 거의 다 먹었을 때 그녀는 "오늘 저녁은 잘 먹었네."라고 말했고, 반대로 대부분 남겨 둘 때면 점점 더 자주 그런 일이 있었지만 "또 다 남겨 두었네." 하고 슬픈 목소리로 중얼거리곤 했다.

그레고르는 직접 소식을 들을 수는 없었지만, 옆방에서 오가는 대화의 상당 부분을 귀 기울여 들을 수 있었다. 누군가 말소리를 내기만 하면 그는 곧바로 그쪽 문으로 달려가 온몸을 문에 붙이고 서 있었다. 특히 처음 며칠 동안에는 비밀스럽게라도 그와 관계없는 대화는 거의 없었다. 이틀 동안 모든 식사 시간에 나누어진 이야기는 오직 앞으로 어떻게 해야 할지에 관한 것이었다. 하지만 식사 시간이 아닐 때에도 같은 이야기가 계속 이어졌다. 집에는 언제나 최소 두 명 이상의 가족이 남아 있었기 때문이다. 아무도 혼자 집에 남아 있기를 원하지 않았고, 집을 완전히 비워 두는 것은 상상조차 할수 없는 일이었다.

첫날 하녀는 그레고르의 어머니 앞에서 무릎을 꿇고 자신을 당장 내보내 달라고 간청했다. 그녀가 실제로 얼마나 많은 사실을 알고 있었는지는 분명하지 않았다. 그러나 채 십오 분도 지나지 않아 그녀는 눈물을 흘리며 떠났다. 마치 큰 은혜라도 받은 것처럼 해고를 허락해 준 것에 대해 감사 인사를 전하며 집을 나섰다. 심지어 아무도 요구하지 않았는데도, 자신이 본 일에 대해 누구에게도 말하지 않겠다고 굳게 맹세하기까지 했다.

이제 여동생은 어머니를 도와 직접 요리를 해야 했다. 다행히도 아무도 많이 먹지 않았기 때문에 일이 크게 늘어나지는 않았다. 그레고르는 종종 가족 가운데 누군가가 다른 사람에게 먹으라고 권하는 소리를 들었다. 그러나 돌아오는 대답은 늘 비슷했다.

"아니, 괜찮아. 배불러."

술도 거의 마시지 않았다. 여동생은 가끔 아버지에게 맥주 한 잔 드실래요 하고 물으며 직접 가져다 드릴 기회를 찾곤 했다. 아버지가 아무 말도 하지 않으면, 여동생은 아버지가 괜히 미안해하지 않도록 집사에게 가져오게 할 수도 있다고 덧붙였다. 그러나 아버지는 큰 소리로 "아니."라고 말하며 그 이야기를 끝내 버렸다. 그 뒤로는 아무 말도 이어지지 않았다.

첫날이 끝나기도 전에 아버지는 어머니와 여동생에게 집안의 재정 상태와 앞으로의 전망을 설명해 주었다. 가끔 그는 식탁에서 일어나 다섯 해 전 사업이 망했을 때 보관해 두었던 작은 금고를 열고 영수증이나 서류를 꺼내기도 했다. 그레고르는 아버지가 복잡한 자물쇠를 여는 소리와 필요한 종이를 꺼낸 뒤 다시 잠그는 소리를 들을 수 있었다. 아버지의 말을 통해 그는 예상과 달리 사업이 완전히 끝난 것은 아니라는 사실을 알게 되었다. 그레고르는 그동안 사업에서 아무것도 남지 않았다고 생각하고 있었다. 적어도 아버지는 그에게 달리 말한 적이 없었고, 그 역시 그 문제를 굳이 묻지 않았기 때문이다. 사업의 실패는 가족을 깊은 절망에 빠뜨렸고, 그 당시 그레고르의 유일한 관심사는 가족이 그 사건을 가능한 한 빨리 잊도록 돕는 것이었다.

그래서 그는 더욱 열심히 일하기 시작했다. 불타는 열정으로 일을 시작한지 얼마 되지 않아 신입 영업사원에서 성과급을 받는 영업사원으로 승진했다. 그것은 훨씬 더 많은 돈을 벌 수 있는 기회를 의미했다. 그는 회사에서의 받은 성과급을 놀라고 기뻐하는 가족을 위해 집 식탁 위에 올려놓았다. 그 시절은 좋은 시절이었지만 다시 돌아오지는 않았다. 적어도 그때와 같은 화려함은 더 이상 없었다. 비록 그가 나중에는 가족 전체의 생계를 책임질 만큼 충분한 돈을 벌었고 실제로 그렇게 했음에도 말이다. 가족은 그 생활에 점차 익숙해졌다. 가족은 감사한 마음으로 돈을 받았고 그레고르도 기꺼이 돈을 건넸지만, 그 대가로 돌아오는 따뜻한 애정은 점점 줄어들었다.

그레고르가 가까이 느끼는 사람은 이제 여동생뿐이었다. 그녀는 음악을 무척 좋아했고 재능 있고 표현력이 풍부한 바이올린 연주자였다. 막내한 비용이 들기 때문에 다른 방법으로 돈을 마련해야 했지만, 그는 내년에 그녀를 음악학교에 보내겠다는 비밀스러운 계획을 마음속에 품고 있었다. 도시에 잠시 머무는 동안 두 사람의 대화는 종종 음악학교 이야기로 이어지곤 했다. 그러나 그 이야기는 언제나 이루어질 수 없는 아름다운 꿈처럼 가볍게 언급될 뿐이었다. 부모님은 그런 순진한 계획을 듣는 것을 좋아하지 않았지만, 그레고르는 오래 고민한 끝에 크리스마스 날에 이 계획을 발표하기로 마음먹고 있었다.

그것이 바로 지금 그가 문에 몸을 기대고 서서 귀를 기울이며 듣는 동안 머릿속을 스쳐 지나가는 생각들이었다. 때로는 너무 지쳐 더 이상 들을 수 없을 때도 있었다. 그럴 때면 그의 머리는 문에 축 늘어졌다가, 깜짝 놀라 다시 들리곤 했다. 그가 내는 아주 작은 소리라도 옆방에서 들릴까 봐 모두가 대화를 멈추었기 때문이다. 잠시 후 아버지가 "저 녀석이 지금 뭐 하는 거야."라고 말하는 소리가 들려오곤 했다. 아버지가 문 쪽으로 다가왔다가 다시 물러나면 대화는 천천히 이어졌다.

아버지는 설명을 하면서 같은 말을 여러 번 반복했다. 오랫동안 이런 일들을 직접 다루지 않았기 때문이기도 했고, 어머니가 처음에는 모든 내용을 완전히 이해하지 못했기 때문이기도 했다. 이러한 반복된 설명 덕분에 그레고르는 모든 불행 속에서도 옛날부터 남아 있던 돈이 아직 조금 있다는 사실을 알게 되어 기뻤다. 큰돈은 아니었지만 오랫동안 손대지 않았기 때문에 이자가 조금 붙어 있었다. 게다가 그레고르가 매달 집으로 가져오던 돈을 전부 쓰지 않고 약간씩 남겨 두었기 때문에 그 금액도 조금씩 늘어나 있었다. 문 뒤에서 이 이야기를 듣고 있던 그레고르는 뜻밖의 절약과 신중함에 기뻐하며 열심히 고개를 끄덕였다. 사실 그는 그 돈으로 아버지가 사장님에게 진 빚을 갚을 수도 있었고, 그렇게 했다면 그 일에서 벗어나는 날이 훨씬 빨리 왔을지도 모른다. 하지만 지금 생각해 보면 아버지가 선택한 방식이 더 현명했는지도 몰랐다.

하지만 아버지가 저축해 둔 돈의 이자만으로 가족이 살아가기에는 턱없이 부족했다. 기껏해야 한두 해를 버틸 수 있을 뿐이었다. 결국 그 돈은 손대지 말고 비상시에 대비해 따로 남겨 두어야 할 돈이었고, 생활비는 여전히 직접 벌어야 했다. 아버지는 아직 건강했지만 나이가 적지 않았고 무엇보다 자신감이 부족했다. 일을 하지 않았던 지난 오 년 동안, 긴장과 실패로 가득했던 인생에서 처음으로 맞이한 휴식의 시기였지만 그 사이 살이 많이 쪘고 몸놀림도 눈에 띄게 느리고 둔해졌다. 그렇다면 연로한 어머니가 나가서 돈을 벌어야 할까. 어머니는 천식을 앓고 있어 집 안에서 움직이는 것조차 힘들었고 이틀에 한 번씩은 창문을 열어 둔 채 소파에 기대 숨을 헐떡이며 하루를 보내야 했다. 여동생이 일을 해야 할까 하는 생각도 떠올랐다. 그러나 여동생은 아직 열일곱 살에 불과했고 그때까지의 삶은 누구나 부러워할 만큼 평온했다. 멋진 옷을 입고 늦게까지 잠을 자고, 집안일을 조금 거들고, 소소한 즐거움을 누리며 무엇보다 바이올린을 연주하는 것이 그녀의 일상이었다. 돈을 벌어야 한다는 이야기가 나올 때마다 그레고르는 문을 놓은 채 그 옆에 놓인 시원한 가죽 소파 위로 몸을 던지곤 했다. 수치심과 후회로 온몸이 달아오르는 것을 느꼈기 때문이다.

그는 종종 밤새 그곳에 누워 눈 한 번 붙이지 못한 채 몇 시간씩 가죽을 긁어대곤 했다. 아니면 의자를 창가로 밀어놓고 창턱에 올라 의자에 몸을 기대며 창밖을 바라보기도 했다. 예전에는 그렇게 하면 큰 해방감을 느끼곤 했지만 이제는 실제 경험이라기보다 기억에 의지하는 기분에 가까웠다. 창밖의 풍경이 날이 갈수록 흐릿하게 보였기 때문이다. 가까이 있는 것들조차 분명하지 않았다. 예전에는 길 건너편에 늘 보이던 병원을 지겨운 풍경이라고 생각했지만 이제는 그 건물조차 보이지 않았다. 만약 자신이 조용한 거리인 샤를로텐스트라세에 살고 있다는 사실을 몰랐다면, 창밖으로 회색 하늘과 회색 땅이 서로 뒤섞인 황량한 들판을 보고 있다고 생각했을지도 몰랐다. 눈치 빠른 여동생은 의자의 위치를 두 번쯤 확인한 뒤부터는 방을 정리할 때마다 그 의자를 늘 창가의 원래 자리로 옮겨 놓았고, 나중에는 창문의 안쪽 창까지 열어 두곤 했다.

그레고르는 여동생에게 말을 걸어 그녀가 자신을 위해 해준 모든 일에 감사하다고 말할 수만 있었다면 이 상황을 훨씬 쉽게 견딜 수 있었을 것이다. 그러나 현실은 그에게 또 다른 고통을 주었다. 여동생은 이 일을 전혀 힘들어하지 않는 것처럼 행동하려 애썼고 시간이 흐를수록 그런 태도를 점점 더 자연스럽게 보이게 만들었다. 그러나 시간이 흐를수록 그레고르 역시 그녀의 마음을 더 또렷이 알아차리게 되었다. 이제 그녀가 방에 들어오는 순간은 그에게 불편한 시간이 되어 버렸다. 그녀는 방에 들어오자마자 재빨리 문을 닫았는데, 그것은 그레고르의 모습을 다른 사람들이 보지 않도록 하기 위한 것이기도 했지만 동시에 그 풍경을 자신도 오래 보고 싶지 않기 때문인 듯했다. 그리고는 곧장 창가로 달려가 숨이 막히는 사람처럼 창문을 열어젖혔다. 날씨가 아무리 추워도 그녀는 잠시 창가에 서서 깊게 숨을 쉬곤 했다. 그녀는 하루에 두 번씩 이렇게 분주하게 움직였고, 그때마다 그레고르는 소파 밑에서 몸을 떨며 기다려야 했다. 그는 여동생이 일부러 자신을 괴롭히려는 것이 아니라는 것을 알고 있었다. 다만 창문을 닫은 채 그와 같은 방에 있는 일이 그녀에게는 도저히 견딜 수 없는 일이었던 것이다.

그레고르가 변신한 지 한 달쯤 지났을 무렵, 여동생은 더이상 그의 모습에 크게 놀랄 이유가 없었지만 어느 날 평소보다 조금 일찍 방에 들어왔다가 그가 여전히 창가에 서서 꼼짝도 하지 않고 있는 모습을 보게 되었다. 그것도 가장 보기 흉한 자세 그대로였다. 여동생이 들어오지 않는 것 자체는 그레고르에게 놀라운 일이 아니었다. 그가 그곳에 있는 동안 그녀가 바로 창문을 열 수 없었을 테니까. 그러나 그녀는 들어오지 않았을 뿐 아니라 곧바로 뒤로 물러나 문을 닫아 버렸다. 낯선 사람이 보았다면 그레고르가 그녀를 위협하거나 물려고 한 것처럼 생각했을지도 몰랐다. 그레고르는 곧바로 소파 밑으로 숨어들었다. 그러나 여동생이 다시 돌아오기까지는 정오가 될 때까지 기다려야 했다. 그날 그녀의 모습은 평소보다 훨씬 불안해 보였다. 그제야 그는 여동생이 여전히 자신의 모습을 견디기 힘들어한다는 사실을 깨달았다. 앞으로도 마찬가지일 것이었다. 아마도 소파 밑에서 조금 보였을 자신의 모습을 보고 도망치고 싶은 충동을 억누르느라 애썼을 것이다.

그래서 어느 날 그는 여동생에게 그 모습조차 보이지 않게 하려고 침대 시트를 등에 걸친 채 네 시간 가까이 애써 소파까지 옮겨 갔다. 그리고 몸을 완전히 가릴 수 있도록 시트를 덮어 두었다. 그렇게 하면 여동생이 몸을 숙여도 그를 보지 않을 것이라고 생각했기 때문이다. 만약 여동생이 시트가 필요 없다고 생각한다면 그냥 걷어 버리면 될 일이었다. 어차피 이렇게 몸을 가린 채 지내는 것은 그레고르에게도 즐거운 일이 아니었다. 그러나 여동생은 시트를 그대로 두었다. 그레고르는 한 번 조심스럽게 시트 밖으로 고개를 내밀어 그녀의 반응을 살폈는데, 그 순간 그녀의 눈빛에서 어쩌면 감사의 기색을 본 것 같다는 생각이 들었다.

처음 2주 동안 부모님은 방 안에 들어와 그를 볼 용기가 없었다. 그는 부모님이 예전에는 여동생을 다소 무능한 아이로 여기며 자주 짜증을 냈음에도 불구하고 이제는 그녀가 하는 모든 일을 얼마나 고마워하는지 말하는 것을 종종 들었다. 하지만 시간이 지나자 부모님은 둘 다 그레고르의 방 문 앞에서 기다리곤 했다. 여동생이 방 안을 정리하는 동안이었다. 여동생이 밖으로 나오면 방 안의 상태가 어떤지, 그레고르가 무엇을 먹었는지, 이번에는 어떤 행동을 했는지, 그리고 조금이라도 나아진 섬이 있는지까지 자세히 설명해야 했다.

어머니는 비교적 빨리 방 안으로 들어가 아들을 보고 싶어 했다. 그러나 처음에는 아버지와 여동생이 그녀를 말렸다. 그 레고르는 문 뒤에서 그 이야기를 모두 들었고 그들의 판단에 전적으로 동의했다. 하지만 나중에는 어머니를 붙잡아 두어 야 할 정도가 되었고, 어머니는 울먹이며 외쳤다.

"그레고르를 보게 해 줘. 내 불쌍한 아들이잖아."

그 말을 듣고 그레고르는 마음속으로 생각했다. 어머니가 들어오시는 것이 오히려 나을지도 모른다. 물론 매일은 아니 더라도 일주일에 한 번 정도라면 괜찮을 것이다. 어머니는 용 기는 있지만 아직 어린아이에 가까운 여동생보다 상황을 훨 씬 잘 이해하실 수 있을 테니까. 여동생은 자신이 떠맡은 무 거운 책임을 어른의 시선으로 완전히 이해하지 못하고 있을 지도 몰랐다.

그레고르가 어머니를 보고 싶다는 소원은 곧 이루어졌다. 부모님을 배려하는 마음에서 그는 낮에는 창가에 모습을 드 러내지 않으려 했다. 방바닥의 몇 평 남짓한 공간은 기어 다 니기에도 넉넉하지 않았고, 밤새 조용히 누워 있는 일조차 쉽지 않았다. 음식도 더 이상 즐거움을 주지 못하게 되자 그 는 무료함을 달래기 위해 벽과 천장을 오르내리는 습관을 들이기 시작했다. 특히 천장에 매달려 있는 것을 좋아했다. 바닥에 붙어 있는 것과는 전혀 다른 느낌이었고 숨도 훨씬 편하게 쉬어졌으며 몸이 가볍게 흔들리는 감각도 있었다. 그곳에서 긴장이 풀리고 거의 행복한 기분이 들 때면, 자신도 모르게 천장에서 손을 놓고 쿵 소리를 내며 바닥으로 떨어지기도 했다. 그러나 이제 그는 몸을 이전보다 훨씬 잘 제어할 수 있었기 때문에 아무리 세게 떨어져도 크게 다치는 일은 없었다.

얼마 지나지 않아 그의 여동생은 그레고르가 이런 새로운 움직임을 즐기고 있다는 사실을 알아차렸다. 그가 기어 다니며 남긴 끈적한 발자국이 벽과 바닥 곳곳에 남아 있었기 때문이다. 그래서 그녀는 그레고르가 조금이라도 더 편하게 지낼 수 있도록 방 안의 가구, 특히 서랍장과 책상을 치워 넓은 공간을 만들어 주어야겠다고 생각했다. 하지만 그것은 혼자서 할 수 있는 일이 아니었다. 아버지에게 도움을 청할 용기도 없었고, 지난번 하녀가 떠난 뒤 집안일을 맡아 온 열여섯 살이 이건 하녀 역시 이번 일에 노움을 줄 것 같지 않았다. 그 하녀는 심지어 부엌 문을 항상 잠가 두게 해 달라고 부탁하며 특별한 일이 아니면 절대 문을 열지 않겠다고까지 했을 정도였다. 결국 여동생은 아버지가 집에 없는 시간을 골라 어머니를 불러 도움을 청할 수밖에 없었다.

여동생이 방으로 다가오자 그레고르는 어머니가 반가움을 감추지 못하는 소리를 들을 수 있었다. 그러나 문 앞에 이르자 어머니는 갑자기 말을 멈추었다. 먼저 여동생이 들어와 방 안을 살펴보고 모든 것이 괜찮은지 확인한 뒤에야 어머니를 안으로 들였다. 그레고르는 서둘러 소파 위에 덮여 있던 시트를 더 아래로 끌어내리고 여기저기 주름을 잡아 마치 우연히 던져 놓은 것처럼 보이게 만들었다. 이번에는 시트 밑에서 몰래 들여다보는 일도 하지 않았다. 어머니를 보는 일은 나중으로 미루기로 하고, 그저 어머니가 이 방에 와 있다는 사실만으로도 충분히 기뻤기 때문이다.

"들어오세요, 그레고르는 보이지 않아요."

여동생이 어머니의 손을 잡고 방 안으로 안내하며 말했다.

낡은 서랍장은 두 여자의 힘으로 옮기기에는 너무 무거웠다. 그레고르는 그들이 서랍장을 밀어 보려 애쓰는 소리를 들을 수 있었다. 여동생은 늘 가장 힘든 일을 스스로 맡았고, 어머니가 "몸을 상하게 할 거야"라고 말려도 아랑곳하지 않았다. 두 사람은 한참 동안 애를 썼다. 십오 분쯤 지나자

어머니는 차라리 서랍장을 그대로 두는 편이 낫겠다고 말했다. 아버지가 돌아오기 전에 이 일을 끝내기에는 너무 무거웠고, 방 한가운데 두었다가는 오히려 더 불편할 것 같았기 때문이다. 무엇보다 가구를 치우는 것이 정말로 그레고르에게 도움이 되는지조차 확신할 수 없었다. 어머니는 오히려 정반대로 생각했다. 벽만 남은 텅 빈 방을 보면 그레고르가 버림받았다고 느낄지도 모른다고 말하며, 방을 예전 그대로 두는 것이 더 좋을 것 같다고 조심스럽게 덧붙였다.

어머니의 말을 들으며 그레고르는 지난 두 달 동안 가족과 거의 아무런 대화를 나누지 못한 채 살아온 탓에 자신의 생각마저 혼란스러워졌다는 사실을 깨달았다. 자신이 왜 그렇게 방을 비워 달라고 원했는지 분명하게 설명할 수가 없었다. 어쩌면 그는 이 방을 동굴처럼 만들어 마음껏 기어 다니고 싶었는지도 모른다. 그러나 그렇게 된다면 인간이었던 시절의 기억을 너무 빨리 잊어버릴 것 같기도 했다. 오랫동안 듣지 못했던 어머니의 목소리가 그의 마음을 다시 붙잡아 주었다. 가구는 그대로 있어야 했다. 그것들이 움직임을 방해하더라도 그에게는 여전히 소중한 것들이었다.

하지만 여동생의 생각은 달랐다. 그녀는 이제 그레고르와 관련된 일을 부모님에게 설명하는 역할에 어느 정도 익숙해져 있었고, 그레고르를 위해 무엇이 필요한지 자신이 더 잘 알고 있다고 믿기 시작했다. 그래서 처음에 계획했던 서랍장과 책상뿐 아니라 소파를 제외한 모든 가구를 치워야 한다고 주장했다. 그녀가 그렇게 말한 이유는 단순한 고집 때문만은 아니었다. 그레고르가 자유롭게 기어 다니려면 넓은 공간이 필요하다는 사실을 분명히 보았기 때문이다. 그러나 아직 어린 나이였던 그녀는 자신이 옳다고 믿는 일에 더욱 열정적으로 매달리기도 했다. 어쩌면 그레테는 텅 빈 방을 자유롭게 기어 다니는 그레고르의 모습을 상상하며, 그 방에 들어갈 수 있는 유일한 사람이 되고 싶었는지도 모른다.

결국 두 여자는 서랍장을 방 밖으로 밀어냈다. 그레고르는 소파 밑에서 고개를 내밀고 상황을 지켜보았다. 무엇을 먼저 지켜야 할지 몰라 잠시 갈팡질팡하다가, 벽에 걸려 있던 그림에 시선이 멈추었다. 풍성한 모피를 두른 여인의 그림이었다. 방 안의 다른 물건들은 이미 거의 다 치워진 상태였다. 그는 서둘러 그 그림 앞으로 기어가 유리 뒤에 몸을 밀착시켰다. 차가운 유리가 뜨거운 배에 닿는 느낌이 이상하게도 편안했다. 이제 자신의 몸이 그림을 완전히 가리고 있었기 때문에 아무도 그것을 떼어 갈 수 없을 것이라고 그는 생각했다. 그리고 거실로 통하는 문 쪽을 바라보며 두 여자가 돌아오는 순간을 기다렸다.

잠시 뒤 두 사람은 다시 방으로 들어왔다. 그레테는 어머니의 어깨를 감싸 안은 채 거의 부축하다시피 하고 있었다.

"이제 무엇을 옮길까요?"

그녀가 말하며 방을 둘러보았다. 그 순간 그녀의 시선이 벽에 붙어 있는 그레고르와 마주쳤다. 어머니가 옆에 있었기 때문인지 그녀는 애써 침착한 태도를 유지하며 어머니가 뒤돌아보지 못하도록 몸을 기울였다. 그리고 떨리는 목소리로 조용히 말했다.

"우리 잠깐 거실로 나가 있을까요."

그레고르는 그레테의 의도를 바로 알아차렸다. 그녀는 어머니를 먼저 안전한 곳으로 데려간 뒤, 자신을 그림에서 떼어 내려 할 생각이었다. 그는 움직이지 않았다. 오히려 그림 위에 몸을 단단히 붙인 채 버티며, 필요하다면 그레테의 얼굴 위로 뛰어내릴 각오까지 하고 있었다.

하지만 그레테의 말에 어머니는 몹시 불안해하며 한 걸음 뒤로 물러섰다. 그리고 벽지의 꽃무늬를 배경으로 벽에 붙어 있는 거대한 갈색 얼룩을 보았다. 그것이 무엇인지 제대로 알아차리기도 전에 어머니는 비명을 질렀다.

"오, 세상에!"

두 팔을 벌린 채 그녀는 마치 모든 것을 포기한 사람처럼 소파 위로 쓰러졌고 그대로 움직이지 않았다.

"그레고르!"

여동생이 그를 노려보며 주먹을 흔들었다. 그것은 그가 변신한 뒤 그녀가 처음으로 직접 건넨 말이었다. 그녀는 어머니를 깨우기 위해 향수병이라도 찾으려는 듯 서둘러 다른 방으로 달려갔다.

그레고르도 무엇이라도 도와주고 싶었다. 그림 따위는 나중에 다시 걸면 될 일이었다. 그러나 그는 유리 액자에 몸이 달라붙어 있어 억지로 몸을 떼어내야 했다. 겨우 떨어져 나온 뒤 그는 예전처럼 여동생에게 조언이라도 해줄 수 있을 것 같은 마음으로 옆방까지 따라갔지만, 결국 아무것도 할 수 없는 채 그녀 뒤에 서 있을 뿐이었다. 여동생은 서랍 속 병들을 뒤적이고 있었는데, 그녀가 갑자기 뒤돌아보는 순간 그레고르의 모습에 놀라고 말았다. 병 하나가 손에서 떨어져 바닥에서 산산이 깨졌고, 파편이 그레고르의 얼굴을 스쳤다.

어떤 자극적인 약물이 튀어 그의 몸에도 묻었다. 그레테는 더 이상 지체하지 않고 닿는 대로 병들을 움켜쥔 채 어머니에게 달려갔고, 발로 문을 쾅 닫아버렸다.

그 순간 그레고르는 어머니와 완전히 단절된 채 방 밖에 남겨졌다. 어머니는 그 때문에 죽을지도 모르는 상황이었고, 그렇다고 여동생을 쫓아내기 위해 문을 열 수도 없었다. 여동생은 어머니 곁에 있어야 했기 때문이다. 그에게 남은 것은 기다리는 일뿐이었다. 불안과 죄책감에 짓눌려 그는 방 안을 이리저리 기어 다니기 시작했다. 벽을 타고 가구를 넘어 천장까지 오르내렸다. 그러다 마침내 방 전체가 빙글빙글 도는 것처럼 느껴지는 혼란 속에서 식탁 한가운데로 툭 떨어지고 말았다.

그는 한동안 꼼짝하지 못한 채 멍하니 누워 있었다. 주변은 조용했다. 어쩌면 그것은 좋은 징조일지도 몰랐다. 그러다 현관 쪽 문이 열리는 소리가 들렸다. 부엌 문은 하녀가 잠가두었기 때문에 누군가 들어오려면 반드시 그레테가 문을 열어주어야 했다. 아버지가 집에 돌아온 것이니.

"무슨 일이냐?"

아버지의 첫마디였다. 그레테의 모습을 보자마자 상황을

짐작한 듯했다. 그녀는 울먹이며 아버지의 가슴에 얼굴을 묻고 말했다.

"엄마가 기절하셨어요. 지금은 괜찮아요. 그런데 그레고르가 나왔어요."

"내가 늘 말했잖아."

아버지가 말했다.

"하지만 너희는 내 말을 듣지 않았지."

그레고르는 그레테가 상황을 충분히 설명하지 못했고, 아버지가 그것을 어떤 나쁜 사건이 벌어졌다고 오해했다는 것을 알아차렸다. 마치 자신이 무언가 폭력적인 행동을 저지른 것처럼 생각하고 있는 것 같았다. 그레고르는 아버지를 진정시키기 위해 문 쪽으로 달려가 몸을 문에 바짝 붙였다. 그렇게 하면 아버지가 들어오는 순간 자신이 방으로 돌아갈 생각이며 어떤 해도 끼치지 않겠다는 뜻을 알아차릴 것이라고 생각했기 때문이다. 그러나 아버지는 그런 미묘한 뜻을 살필 기분이 아니었다. "아!" 아버지는 화가 난 듯하면서도 묘하게 기쁜 목소리로 외쳤다.

그레고르는 고개를 뒤로 돌려 아버지를 바라보았다. 그는 지금 눈앞에 서 있는 사람이 정말 자신의 아버지인지 믿기 어려웠다. 출장에서 돌아오면 늘 침대에 누워 있던 지친 남자, 저녁이면 잠옷 차림으로 안락의자에 앉아 그를 맞이하던 그 사람, 일어설 힘도 없어 그저 팔을 들어 인사하던 그 사람, 일요일이면 무거운 외투를 여미고 그와 어머니 사이에서 느리게 걸어가던 그 사람이 지금은 완전히 달라져 있었다. 아버지는 은행 직원들이 입는 것 같은 금단추가 달린 단정한 파란 제복을 입고 있었다. 뻣뻣한 칼라 위로 두툼한 턱이 드러났고, 덥수룩한 눈썹 아래 검은 눈동자가 날카롭게 빛났다. 늘 흐트러져 있던 흰 머리도 단정하게 빗겨져 있었다. 그는 모자를 벗어 소파 위로 던진 뒤, 주머니에 손을 넣고 코트 자락을 젖히며 그레고르에게 다가왔다. 발을 유난히 높이 들어 올리며 걸어오는 모습은 위협적이었다.

그레고르는 아버지의 커다란 부츠 밑창을 보고 놀랐지만 오래 생각할 틈은 없었다. 그는 변신한 첫날부터 아버지가 자신에게 엄격하게 대할 것이라는 사실을 알고 있었다. 그래서 아버지가 한 걸음 다가오면 물러나고, 아버지가 멈추면 그도 멈추며 방 안을 빙글빙글 돌았다. 마치 쫓고 쫓기는 것 같았지만 실제로는 느린 움직임의 반복일 뿐이었다. 그는 벽이나 천장으로 도망치지 않았다. 그런 행동이 아버지를 더 자극할까 두려웠기 때문이다. 그러나 이 달리기를 오래 버틸 수 없다는 것도 알고 있었다. 아버지가 한 걸음을 옮길 때마다 그는 수십 번 몸을 움직여야 했다. 숨이 가빠지고 시야도 흐려졌다. 생각조차 느려져 다른 방법을 떠올릴 여유도 없었다.

그때 바로 옆에서 무언가가 굴러왔다. 사과 한 개였다. 이어서 또 하나가 날아왔다. 그레고르는 순간 몸이 굳어버렸다. 아버지가 그를 향해 사과를 던지기 시작한 것이다. 찬장 위 그릇에서 과일을 집어 주머니에 가득 넣은 아버지는 조준할 틈도 없이 연달아 던졌다. 작은 붉은 사과들이 바닥을 굴러다녔다. 하나는 그의 등을 스치듯 지나갔고, 또 하나는 아무 일 없이 미끄러져 떨어졌다. 그러나 바로 다음에 날아온 사과는 그의 등에 깊이 박혀 버렸다. 그레고르는 몸을 끌어 도망치려 했지만 마치 바닥에 못 박힌 듯 움직일 수 없었다. 온몸의 감각이 뒤엉키고 힘이 빠져 나갔다.

그가 마지막으로 본 것은 문이 열리는 모습이었다. 여동생이 비명을 지르고 있었고, 어머니는 블라우스 차림으로 그보다 앞서 달려 나왔다. 어머니가 기절했을 때 숨 쉬기 편하도록 옷을 풀어주었기 때문에 그녀의 치마가 하나씩 흘러내리고 있었다. 비틀거리며 달려온 어머니는 아버지에게 매달

렸다. 두 팔로 그를 붙잡은 채 온몸으로 막아서며 애원했다. 그 순간 그레고르의 시야는 서서히 어두워졌다. 어머니는 아버지의 머리 뒤로 손을 뻗어 그레고르의 목숨을 살려 달라고 간절히 부탁하고 있었다.

III

아무도 그레고르의 살에 박힌 사과를 빼내려 하지 않았기 때문에, 그 사과는 그의 부상을 계속 상기시키는 뚜렷한 흔적으로 그대로 남아 있었다. 그는 한 달이 넘도록 그 상태로 고통을 겪어야 했다. 그 상처는 심지어 아버지에게조차 그레고르가 비록 지금은 비참하고 혐오스러운 모습이 되었지만, 적으로 대할 수 있는 존재가 아니라 여전히 가족이라는 사실을 떠올리게 할 만큼 심각해 보였다. 그렇기 때문에 가족으로서 그에 대한 혐오를 억누르고 인내해야 할 의무가 있다고 생각하게 되었고, 결국 그저 참고 견디는 수밖에 없었다.

부상 이후 그레고르는 움직일 수 있는 능력을 크게 잃어버렸다. 아마도 그것은 영구적인 변화일지도 몰랐다. 그는 마치 늙은 병자처럼 되어 방을 가로질러 기어가는 데에도 아주 오랜 시간이 걸렸다. 천장을 기어 다니던 일은 이제 꿈같은 이야기가 되었다. 그러나 그는 이런 상태의 악화를 어느 정도 보상받고 있다고 느꼈다. 매일 저녁 거실로 통하는 문이 열려 있었기 때문이다. 그는 문이 열리기 한두 시간 전부터 그 문을 바라보는 습관이 생겼고, 문이 열리면 보이지 않는 어둠 속에서 거실의 저녁 식탁을 바라보며 가족들의 대화를 들을 수 있었다. 그것은 어떤 의미에서는 가족의 묵인 아래 이루어지는 일이었고, 예전과는 완전히 다른 방식의 함께하는 시간이기도 했다.

하지만 예전처럼 활기찬 대화는 더 이상 들을 수 없었다. 그레고르가 출장 중 작은 호텔 방의 축축한 침대에 누워 있을 때면 그리움에 젖어 떠올리곤 했던 바로 그 대화들이 사라져 버린 것이다. 요즘 가족들은 대부분 조용했다. 저녁 식사가 끝나면 아버지는 의자에 앉은 채 곧 잠들어 버렸고, 어머니와 여동생은 서로 조용히 하라는 눈짓을 주고받았다. 어머니는 등불 아래 몸을 깊이 숙인 채 패션 상점에 납품할 화려한 속옷을 바느질했고, 판매원으로 일하게 된 여동생은 더 나은 자리를 얻기 위해 저녁마다 속기와 프랑스어를 공부했다. 때때로 아버지가 잠에서 깨어 "오늘도 바느질을 많이

했군"하고 말하면, 마치 자신이 졸고 있었다는 사실조차 모르는 사람처럼 행동했다. 그리고는 곧 다시 잠들었다. 그럴 때면 어머니와 여동생은 서로를 바라보며 지친 미소를 나누었다.

그레고르의 아버지는 집에서도 제복을 벗지 않는 고집을 보였다. 잠옷은 옷걸이에 그대로 걸려 있었지만, 그는 늘 제복을 입은 채 의자에서 잠을 잤다. 마치 언제든지 다시 근무하러 나갈 준비가 되어 있는 사람처럼 보였다. 그 제복은 처음부터 새것은 아니었지만, 어머니와 여동생이 정성껏 관리했음에도 점점 낡아 가고 있었다. 그레고르는 저녁 내내 아버지의 코트를 바라보곤 했다. 금색 단추는 여전히 반짝였지만, 곳곳에 얼룩이 남아 있었다. 그 코트 안에서 아버지는 불편한 자세로 앉아 있으면서도 묘하게 평온하게 잠들어 있었다.

시계가 열 시를 알리면 어머니는 아버지를 깨워 침대로 가도록 설득하곤 했다. 그 자리에 앉아서는 제대로 잠을 잘 수 없었고, 아침 여섯 시에 일어나 일을 하려면 충분히 쉬어야 했기 때문이다. 하지만 일을 시작한 이후로 아버지는 더욱 고집스러워졌다. 자주 졸면서도 식탁에 더 오래 앉아 있겠다고 버티곤 했다. 그러면 어머니와 여동생이 아무리 달래고 재촉해도 그는 눈을 감은 채 고개를 천천히 저으며 일어나기를 거부했다. 어머니는 그의 소매를 잡아당기며 귀에 부드러운 말을 속삭였고, 여동생도 일을 멈추고 함께 설득했지만 소용이 없었다. 그는 오히려 의자 속으로 더 깊이 몸을 묻었다. 두 여자가 그의 팔을 붙잡아 일으켜 세워야 비로소 그는 눈을 뜨며 말했다.

"참으로 비참한 인생이군. 이것이 내 노년에 얻은 평화란 말인가."

그리고는 두 사람의 부축을 받으며 아주 무거운 짐을 짊어진 사람처럼 천천히 몸을 일으켜 문까지 갔다. 그곳에서 두 사람을 돌려보낸 뒤 혼자서 걸어가곤 했다. 그 사이 어머니는 바늘을, 여동생은 펜을 내려놓고 그를 따라가 다시 도우려 서둘렀다.

이렇게 고된 하루를 보내고 지친 가족들에게 그레고르를 돌볼 시간이 과연 있었을까? 가계 형편은 점점 더 어려워졌고 결국 하녀는 해고되었다. 머리에 흰 머리가 펄럭이는 키 크고 뼈대 굵은 여자가 아침저녁으로 와서 가장 힘든 일을 처리했다. 그 외의 집안일은 어머니가 바느질 일에 더해 직접 감당했다. 그레고르는 저녁 식사 자리에서 가족이 낮은 목소리로 이야기하는 것을 들으며, 가족이 소중히 여겨 오던 보석 몇 점마저 팔았다는 사실을 알게 되었다. 어머니와 여동생이 행사나 모임에서 자랑스럽게 착용하던 것들이었다. 하지만 가장 큰 문제는 아파트가 너무 넓다는 것이었다. 이사를 가야 한다는 생각은 있었지만, 그레고르를 새로운 집으로 어떻게 옮길지 방법이 떠오르지 않았기 때문이다.

그러나 그레고르는 가족이 이사를 망설이는 이유가 그것만은 아니라는 것을 알고 있었다. 봉풍구가 있는 상자에 그를 넣어 옮기는 일은 생각보다 어렵지 않았을 것이다. 진짜 이유는 그들이 감당하기 어려운 불운 속에 놓여 있다는 사실 때문이었다. 가족은 가난한 사람들이 세상에서 할 수 있는 모든 일을 해내고 있었다. 아버지는 은행 직원들에게 아침 식사를 나르며 일했고, 어머니는 낯선 사람들의 빨래를 맡아 하며 몸을 혹사했다. 여동생은 손님들의 요구에 따라 가게에서 하루 종일 뛰어다녔다. 하지만 그 이상을 해낼 힘은 남아 있지 않았다. 그리고 그레고르의 등에 박힌 상처는 다시 처음저럼 아프게 욱신거렸다.

아버지를 침실로 모셔 온 뒤 어머니와 여동생은 일을 잠시 멈추고 서로의 뺨을 맞댄 채 가까이 앉곤 했다. 어머니는 종종 그레고르의 방을 가리키며 말했다.

"그레테, 문 닫아라."

그러면 그레고르는 다시 어둠 속에 홀로 남겨졌다. 두 사람은 옆방에 앉아 조용히 눈물을 흘리거나, 눈물도 없이 식탁을 바라보며 멍하니 앉아 있기도 했다.

그레고르는 밤낮을 가리지 않고 거의 잠을 이루지 못했다. 때로는 문이 다시 열리면 예전처럼 가족을 위해 무엇인가를 해주고 싶다는 생각이 들었다. 사장과 지배인 같은 사람들은 이미 오래전에 기억에서 사라졌지만, 영업사원들, 견습생들, 차를 나르던 멍청한 심부름꾼, 다른 업계의 친구 몇 명, 지방 호텔의 하녀, 스쳐 지나간 애틋한 기억들, 모자 가게의 계산원, 진지하게 마음을 보였지만 너무 늦었던 여자까지, 수많은 얼굴들이 떠올랐다. 그러나 그 누구도 그와 그의 가족을 도울 수 있는 존재는 아니었다. 그들은 모두 멀고 닿을 수 없는 사람들처럼 느껴졌다. 그들이 사라질 때면 오히려 안도감이 들기도 했다. 때로는 가족을 돌보고 싶다는 마음조차 들지 않을 때도 있었다. 자신에게 쏟아지는 무관심에 분노가 차오르기도 했다. 무엇을 원하는지도 잊어버렸지만, 배가 고프지 않아도 식료품 저장실에 몰래 들어갈 방법을 생각해 보기도 했다.

　이제 여동생은 그를 기쁘게 해주려는 생각조차 하지 않는 듯했다. 아침과 점심에 일을 나가기 전 발로 대충 음식을 방 안으로 밀어 넣고는 저녁에 돌아와 그것이 먹혔든 그대로 남아 있든 무심하게 빗자루로 쓸어내곤 했다. 방을 치우기는 했지만 예전보다 훨씬 대충이었다. 벽에는 얼룩이 낚았고 먼지와 오물이 곳곳에 쌓였다. 처음에는 여동생이 들어올 때마다 그레고르가 가장 더러운 곳으로 가 그녀를 꾸짖는 듯 행동하기도 했지만, 그녀가 아무 조치도 취하지 않으면 그는 몇 주 동안 그 자리에 머물기도 했다. 여동생 역시 그 더러움을 보지 못한 것은 아니었지만, 그저 내버려 두기로 마음먹은 듯했다. 동시에 그녀는 이전에는 보이지 않던 예민함을 보이기 시작했다. 그레고르의 방을 청소하는 일은 오직 그녀의 몫이라는 생각을 갖게 된 것이다.

　한 번은 어머니가 그 방을 철저히 청소한 적이 있었다. 물통 여러 개를 가져다 쓰며 비디을 닦았는데, 그 습기 때문에 그레고르는 이피시 소파에 엎느린 재 꼼짝도 하지 못했다. 그러나 어머니는 그 일로 큰 꾸중을 듣게 되었다. 저녁에 집에 돌아온 여동생이 방의 변화를 보자마자 격분해 거실로 달려가 울음을 터뜨렸기 때문이다. 아버지는 의자에서 벌떡 일어났고 두 부모는 당황한 채 그 모습을 바라보았다. 아버지는 어머니에게 왜 그레고르 방 청소를 여동생에게 맡기지 않았느냐고 화를 냈고, 여동생은 다시는 그 방에 손대지 말라고 외쳤다. 어머니는 아버지를 침실로 데려가려 애쓰며 울었고, 여동생은 작은 주먹으로 탁자를 두드렸다. 그레고르는 이 소란을 보지 않도록 문을 닫아 줄 사람조차 없다는 사실에 분노하며 쉭쉭 소리를 냈다.

그레고르의 여동생은 일하러 나가느라 지쳐 있었고, 예전처럼 그를 돌보는 일은 이제 그녀에게 훨씬 더 큰 부담이 되었다. 그렇다고 해서 어머니가 그 자리를 대신할 수도 없었다. 한편으로는 그레고르 역시 완전히 방치될 수 없는 존재였다. 다행히도 지금은 가정부가 있었다. 평생 동안 온갖 힘든 일을 견뎌 온 듯한 튼튼한 체격의 노부인은 그레고르를 그다지 두려워하지 않았다. 어느 날 그녀는 특별한 호기심 때문이라기보다 우연히 그의 방 문을 열었다가 그레고르와 정면으로 마주쳤다. 그레고르는 아무도 쫓아오지 않는데도 놀라서 이리저리 허둥지둥 움직였지만, 노부인은 두 팔을 가슴 앞에 교차한 채 그저 놀란 표정으로 서 있을 뿐이었다. 그 뒤로 그녀는 아침과 저녁마다 문을 살짝 열어 그를 한 번씩 들여다보는 일을 거의 빠뜨리지 않았다. 처음에는 문을 열 때마다 친근하다고 생각한 듯한 말까지 던졌다.

"자, 어서 나와 보렴, 이 늙은 풍뎅이야." 또는 "저기 늙은 풍뎅이 좀 보게."

같은 말들이었다. 그레고르는 그런 말에도 아무 반응을 보이지 않았고, 마치 문이 열리지 않은 것처럼 가만히 있었다.

차라리 그 가정부에게 매일 방 청소를 맡겼더라면 좋았을 것이라고 그는 생각했다. 그러면 그녀가 괜한 장난처럼 그를 들여다보며 방해하는 일도 없었을 것이다. 어느 날 이른 아침, 창문을 세차게 두드리는 빗소리가 들렸다. 어쩌면 봄이 오고 있다는 신호인지도 몰랐다. 그때 노부인은 또다시 그를 향해 말을 걸기 시작했다. 그레고르는 그 말에 분통이 터져 느리고 허약한 몸으로 그녀 쪽으로 움직이기 시작했다. 그것은 거의 공격에 가까운 움직임이었다. 그러나 그녀는 전혀 겁먹지 않았다. 그녀는 문 근처에 있던 의자를 높이 쳐든 채 입을 크게 벌리고 서 있었다. 마치 필요하다면 그 의자를 그의 등에 내리칠 준비라도 하고 있는 듯했다.

"그럼 더 가까이 오지 않을 거지?"

그녀가 말했다. 그레고르가 몸을 돌리자 그녀는 아무 일도 없다는 듯 의자를 다시 구석으로 돌려놓았다.

그레고르는 거의 식사를 하지 않게 되었다. 우연히 음식 옆에 가까이 있을 때만 조금 입에 넣어 보다가, 그것을 몇 시간 동안 그대로 두었다가 결국 다시 뱉어내곤 했다. 처음에는 방의 상태가 마음에 걸려 식욕이 없는 줄 알았지만, 곧 그는 그 변화에도 익숙해졌다. 가족들은 이제 다른 곳에 둘 수 없는 물건들을 그의 방에 밀어 넣기 시작했다. 세 명의 신사들에게 방을 세내 주면서 그런 물건들이 더욱 늘어났다. 그 신사들은 매우 엄격한 사람들이었고, 모든 것이 정돈되어 있어야 한다는 점을 고집스럽게 요구했다. 그 기준은 자신들의 방뿐 아니라 아파트 전체, 특히 부엌에도 적용되었다. 불필요한 물건이나 더러운 물건은 그들이 절대로 참지 못했다. 게다가 그들은 대부분의 가구와 물건을 직접 가져왔기 때문에 집 안에는 처분하지 못한 물건들이 점점 쌓여 갔다. 결국 그 모든 것들이 그레고르의 방으로 밀려 들어왔다.

심지어 부엌의 쓰레기통까지 그곳으로 옮겨졌다. 가정부는 늘 바쁘게 일했고, 당장 필요하지 않은 물건은 무엇이든 그냥 그 방 안으로 던져 넣었다. 그레고르는 대개 물건과 그것을 던지는 손만 볼 수 있었다. 그녀는 시간이 나면 그 물건들을 다시 꺼내거나 한꺼번에 버릴 생각이었겠지만, 실제로는 그대로 방치되는 일이 대부분이었다. 처음에는 그레고르가 기어 다닐 공간을 만들기 위해 어쩔 수 없이 물건들을 밀어 옮겼다. 그러나 나중에는 그런 움직임 자체가, 비록 그를 지치게 하고 슬프게 만들었지만, 어떤 이상한 즐거움처럼 느껴지기도 했다. 그렇게 한참을 움직인 뒤 그는 몇 시간 동안 아무것도 하지 않고 가만히 누워 있곤 했다.

방을 빌린 신사들은 때때로 모두가 사용하는 거실에서 저녁 식사를 했다. 그래서 저녁이 되면 그레고르의 방 문이 닫히는 경우도 있었다. 하지만 그는 이제 문이 열려 있는 것에 큰 의미를 두지 않았다. 문이 열려 있을 때조차 그는 종종 방의 가장 어두운 구석에 숨어 가족에게 보이지 않게 누워 있었기 때문이다. 그런데 어느 날, 가정부가 거실 문을 반쯤 열어 둔 채로 두었고, 그날 저녁 신사들이 들어와 불을 켰을 때도 문은 그대로 열린 상태였다. 신사들은 예전에 그레고르가 가족과 함께 식사하던 식탁에 앉아 냅킨을 펼치고 나이프와 포크를 집어 들었다.

그레고르의 어머니는 고기 접시를 들고 문가에 나타났고, 뒤이어 여동생이 감자가 가득 담긴 접시를 들고 들어왔다. 음식에서 김이 모락모락 올라오며 방 안에 향기가 퍼졌다. 세 신사는 접시 위로 몸을 숙이며 마치 음식을 시험하듯 바라보았다. 가운데에 앉은 신사가 고기 한 조각을 잘라 보았는데, 그것이 충분히 익었는지 확인하려는 것 같았다. 잠시 후 그는 만족스러운 듯 고개를 끄덕였다. 그 모습을 불안하게 지켜보던 어머니와 여동생은 안도의 한숨을 내쉬며 미소를 지었다.

가족들은 부엌에서 식사를 했다. 그럼에도 아버지는 부엌으로 들어가기 전 거실로 와서 모자를 손에 들고 식탁을 한 바퀴 돌며 고개를 숙였다. 그러자 세 신사는 일제히 자리에서 일어나 수염 속으로 무언가 중얼거렸다. 그들이 다시 자리에 앉자 방 안은 거의 완벽한 침묵 속에 잠겼다. 그레고르는 그들의 씹는 소리가 또렷하게 들리는 것이 이상하게 느껴졌다. 마치 그 소리가 "먹으려면 이빨이 필요하다"는 사실을 일부러 보여 주려는 것처럼 느껴졌기 때문이다. 그는 속으로 중얼거렸다. "나도 뭔가 먹고 싶어. 하지만 저 사람들이 먹는 것 같은 음식은 아니야. 저 사람들은 잘 먹고 있는데, 나는 여기서 굶어 죽어 가고 있어."

그동안 그레고르는 집 안에서 바이올린 소리를 들은 적이 거의 없었다. 그런데 그날 저녁 부엌에서 바이올린 연주가 시작되었다. 세 신사는 이미 식사를 마친 뒤였고, 가운데 신사는 신문을 꺼내 다른 두 사람에게 한 장씩 나눠 주었다. 그들은 의자에 등을 기대고 신문을 읽으며 담배를 피우고 있었다. 그때 바이올린 소리가 들리자 세 사람은 귀를 기울였다. 그리고 자리에서 일어나 발끝으로 복도 쪽 문까지 걸어갔다 서로 어깨를 가까이 붙인 채 그곳에 서 있었다. 부엌에서 그들의 움직임을 눈치챈 아버지가 말했다.

"혹시 연주가 거슬리십니까. 원하시면 당장 멈추게 하겠습니다."

가운데에 있던 신사가 대답했다.

"아닙니다. 오히려 그 반대입니다. 그 젊은 아가씨가 이 방에 와서 연주해 주면 좋겠습니다. 여기가 더 아늑하고 편안하니까요."

아버지는 얼른 고개를 끄덕이며 말했다.

"아, 물론입니다. 정말 좋지요."

곧 아버지는 악보대를 들고 들어왔고, 어머니는 악보를

들고 따라왔다. 여동생은 바이올린을 들고 차분하게 연주 준비를 했다. 부모님은 세 신사에게 지나치게 예의를 갖추느라 감히 의자에 앉지도 못했다. 아버지는 제복 코트의 단추 사이에 손을 끼운 채 문 옆에 서 있었고, 어머니는 신사 중 한 명이 자리를 권하자 조심스럽게 앉았다. 그러나 그 의자는 우연히 구석에 놓여 있어 조금도 편안해 보이지 않는 자리였다.

　여동생이 바이올린 연주를 시작했다. 아버지와 어머니는 양옆에 서서 그녀의 손동작을 유심히 바라보고 있었다. 음악에 이끌린 그레고르는 조심스럽게 조금 앞으로 나아가 이미 머리를 거실 안으로 내밀고 있었다. 예전에는 자신이 가족을 얼마나 배려하는지에 대해 큰 자부심을 느끼곤 했지만, 이제는 자신이 이렇게까지 타인에게 무심해졌다는 사실조차 거의 떠올리지 못하고 있었다. 방 안 곳곳에 쌓여 있던 먼지가 조금만 움직여도 흩날리며 그의 몸에 달라붙었기 때문에 그는 이제 더더욱 몸을 숨겨야 할 이유가 생겼다. 등과 옆구리에는 실뭉치와 털, 음식 찌꺼기들이 붙어 있었고 그는 이제 모든 것에 너무 무감각해져서 예전처럼 하루에도 몇 번씩 카펫에 몸을 문지르며 몸을 닦을 생각조차 하지 않았다. 그런

모습이었지만 그는 거실의 흠잡을 데 없는 바닥 위로 조금 더 앞으로 나아가는 것을 주저하지 않았다.

그러나 아무도 그를 눈치채지 못했다. 가족들은 바이올린 연주에 완전히 몰두해 있었기 때문이다. 처음에는 세 신사가 주머니에 손을 넣은 채 악보대 바로 뒤까지 다가와 연주되는 악보를 뚫어지게 바라보았는데, 그 모습은 여동생에게 오히려 방해가 되었을 것이다. 하지만 곧 그들은 가족들과는 달리 고개를 맞대고 작은 목소리로 이야기를 나누며 창가 쪽으로 물러났다. 그레고르의 아버지는 불안한 눈빛으로 그들을 지켜보고 있었다. 이제 와서 보니 그들이 아름답거나 흥미로운 연주를 기대했다가 실망했고 이미 공연에 싫증을 느끼고 있었으며 단지 예의를 지키기 위해 분위기를 깨뜨리지 않을 뿐이라는 사실이 분명해 보였다. 특히 그들이 입과 코로 담배 연기를 위로 내뿜는 모습은 신경을 거슬리게 했다. 그럼에도 불구하고 그레고르의 여동생은 정말 아름답게 연주하고 있었다. 그녀는 얼굴을 한쪽으로 기울인 채 신중하면서도 어딘가 우울한 표정으로 악보의 선율을 따라가고 있었다.

그레고르는 기회가 된다면 그녀와 눈을 마주칠 수 있도록 머리를 바닥에 바짝 붙이고 조금 더 앞으로 기어갔다. 음악이 자신을 이토록 깊이 사로잡고 있다면 그는 과연 동물이란 말인가. 그에게 음악은 자신이 그토록 갈망해 왔던 어떤 알 수 없는 양식으로 향하는 길처럼 느껴졌다. 그는 결심했다. 여동생에게 다가가 그녀의 치맛자락을 잡아당기고 바이올린을 들고 자신의 방으로 들어와도 좋다고 말해 주기로 했다. 이곳에서는 아무도 그녀의 연주를 그처럼 깊이 이해해 주지 못할 테니 말이다. 그는 살아 있는 동안만이라도 절대로 그녀를 집 밖으로 내보내고 싶지 않았다. 어쩌면 그의 끔찍한 모습이 이번만큼은 도움이 될지도 몰랐다. 그는 방의 모든 문 앞에 서서 공격하려는 자들을 향해 쉭쉭 소리를 내며 막아서고 싶었다. 그러나 여동생은 강제로 그와 함께 있어야 하는 것이 아니라 스스로의 의지로 남아야 했다. 그녀는 소파 옆에 앉아 귀를 기울일 것이고 그는 그녀에게 예전에 음악원에 보내 주고 싶었다는 이야기를 들려줄 것이다. 지난 크리스마스에 그 이야기를 가족들에게 하려 했지만 이 불행한 일이 벌어지지 않았다면 분명 그렇게 했을 것이라고 말해 줄 것이다. 그 말을 듣고 여동생은 감격에 눈물을 흘릴 것이고 그레고르는 그녀의 어깨 위로 올라가 목에 입을 맞출 것이다. 그녀가 일을 시작한 이후로 목에는 더 이상 목걸이나 넥

타이를 하지 않아 맨살이 드러나 있었기 때문이다.

그때 가운데에 서 있던 신사가 갑자기 외쳤다.

"잠자 씨!"

그는 검지를 뻗어 천천히 앞으로 다가오는 그레고르를 가리켰다. 바이올린 소리는 곧 멈췄다. 세 신사 가운데 한 명이 두 친구에게 고개를 저으며 미소를 지은 뒤 다시 그레고르를 바라보았다. 아버지는 그레고르를 쫓아내기 전에 세 신사를 진정시키는 것이 더 중요하다고 생각한 듯했다. 비록 그들이 화가 난 것처럼 보이지 않았고 오히려 바이올린 연주보다 그레고르에게 더 흥미를 느끼는 듯했음에도 말이다. 그는 두 팔을 벌리고 그들에게 달려가 몸으로 그레고르를 가리며 그들을 방 안으로 밀어 넣으려 했다. 세 신사들은 조금 짜증이 난 듯 보였다. 그것이 아버지의 행동 때문인지 아니면 옆방에 그레고르 같은 존재가 있다는 사실을 이제야 알게 되었기 때문인지는 분명하지 않았다. 그들은 해명을 요구하며 팔을 벌리고 수염을 잡아당기며 아주 천천히 방 안으로 물러났다.

한편 그레고르의 여동생은 연주가 갑자기 중단되었을 때 느꼈던 절망에서 조금씩 벗어나고 있었다. 그녀는 손을 늘어뜨린 채 바이올린과 활을 잠시 내려놓고도 여전히 연주하는 듯 악보를 바라보고 있었다. 그러다 갑자기 정신을 차린 듯 여전히 제자리에 앉아 숨을 헐떡이며 버티고 있던 어머니의 무릎 위에 바이올린을 올려놓았다. 그리고 아버지의 재촉에 따라 세 신사가 향하고 있던 옆방으로 급히 달려갔다. 능숙한 손길로 침대 위의 베개와 이불을 순식간에 정리했고 세 신사들이 방에 도착하기도 전에 침대 정리를 마친 뒤 다시 밖으로 나왔다.

그레고르의 아버지는 자신이 하는 일에 너무 몰두한 나머지 세입자들에게 보여야 할 기본적인 예의를 모두 잊은 듯했다. 그는 그들을 재촉하며 거의 밀어 넣듯 방으로 안내했다. 이미 문턱에 다다랐을 때 세 신사 중 한 명이 천둥 같은 소리로 발을 구르며 외쳤다. 그러자 아버지는 걸음을 멈출 수밖에 없었다. "나는 지금 선언하겠다." 그는 손을 들어 그레고르의 어머니와 여동생까지 바라보며 말했다.

"이 아파트와 이 가족에게 만연한 참을 수 없는 상황들에 대해…"

그는 잠시 바닥을 내려다본 뒤 말을 이었다.

"나는 내 방에 대한 계약을 즉시 해지한다. 내가 이곳에 머문 날들에 대해서는 단 한 푼도 지불하지 않을 것이며 오히려 손해배상을 요구할지 여부를 검토하겠다."

그는 잠시 말을 멈추고 누군가의 반응을 기다리듯 서 있었다. 그러자 그의 두 친구도 곧 "우리도 즉시 퇴거 통보를 하겠다"라고 덧붙였다. 그는 문손잡이를 움켜쥐고 문을 세게 닫아 버렸다.

그레고르의 아버지는 손을 더듬으며 비틀거리듯 돌아와 자리에 털썩 주저앉았다. 마치 평소처럼 저녁 낮잠을 자려는 듯 몸을 늘어뜨렸지만 고개가 계속 흔들리는 것을 보니 잠든 것은 아니었다. 이 모든 일이 벌어지는 동안 그레고르는 세 신사들이 처음 그를 발견했던 자리에서 꼼짝도 하지 않고 누워 있었다. 계획이 실패했다는 실망감과 아마도 굶주림 때문에 기력이 약해진 탓에 그는 몸을 움직일 힘조차 없었다. 누군가 곧 자신에게 달려들 것이라고 확신하며 그저 기다리고 있었다. 어머니의 무릎 위에 놓여 있던 바이올린이 떨리는 손가락 사이에서 미끄러져 바닥에 떨어져도 그는 놀라지 않았다.

그때 여동생이 갑자기 테이블을 세게 치며 말했다.

"아버지, 어머니. 이대로는 더 이상 못 하겠어요."

그녀는 떨리는 목소리로 말을 이었다.

"두 분은 못 보실지 몰라도 저는 알아요. 저는 더 이상 저 괴물을 제 오빠라고 부를 수 없어요. 우리가 할 수 있는 말은 하나뿐이에요. 저걸 없애야 해요."

그녀는 숨을 몰아쉬며 계속 말했다.

"우리는 인간으로서 할 수 있는 모든 것을 다 했어요. 저걸 돌보고 참고 견디기 위해 할 수 있는 일은 전부 했어요. 이제 누구도 우리가 잘못했다고 말할 수는 없을 거예요."

"그 말이 맞다."

그레고르의 아버지가 낮게 중얼거렸다. 아직 숨도 제대로 고르지 못한 어머니는 손을 앞으로 뻗은 채 정신이 아득한 눈빛으로 기침을 하기 시작했다. 여동생은 곧 어머니 곁으로 달려가 이마에 손을 얹었다. 그녀의 말은 아버지에게도 더욱 확신을 심어 준 듯했다. 그는 허리를 곧게 펴고 세 신사들이 남긴 접시 사이에서 군복 모자를 만지작거리며 가끔 움직이지 않는 그레고르를 바라보았다.

"어떻게든 없애야 해요."

여동생은 이제 아버지에게만 말하고 있었다. 어머니는 기침 때문에 거의 듣지 못하는 상태였다.

"이러다 두 분 다 죽을 거예요. 우리는 이렇게까지 열심히 일하고 집에 돌아와서 이런 고문을 당하며 살 수는 없어요. 더는 견딜 수 없어요."

그녀는 끝내 눈물을 터뜨렸다. 눈물은 어머니의 얼굴 위로 떨어졌고 어머니는 기계적으로 그것을 닦아냈다.

"얘야."

아버지가 동정 어린 목소리로 말했다.

"그럼 우리는 어떻게 해야 하겠니."

여동생은 어깨를 으쓱했다. 눈물과 무력감이 그녀의 확신을 조금씩 흔들고 있었다. 아버지는 조심스럽게 말했다.

"그가 우리를 조금이라도 이해해 준다면…"

여동생은 눈물을 흘리며 격렬하게 고개를 저었다. 그것은 전혀 가능하지 않다는 뜻이었다. 아버지는 눈을 감은 채 중얼거렸다.

"만약 이해해 준다면… 그때는 어떤 방식으로든 타협할 수도 있을 텐데."

"없애야 해요."

여동생이 다시 소리쳤다.

"그게 유일한 방법이에요. 저게 그레고르라는 생각부터 버려야 해요. 우리가 그렇게 오래 믿어 온 것 때문에 오히려 우리만 더 괴로워졌어요. 저게 어떻게 그레고르일 수 있겠어요. 만약 정말 그레고르였다면 인간이 저런 동물과 함께 살 수 없다는 걸 스스로 깨닫고 벌써 떠났을 거예요. 그랬다면 우리는 형제를 잃은 셈이 되겠지만 그래도 그를 존경하는 마음으로 기억하며 살아갈 수 있었을 거예요. 하지만 지금 이 동물은 우리를 괴롭히고 있어요. 세입자들을 쫓아냈고 이제는 아파트 전체를 차지하고 우리를 거리로 내몰려는 것 같아요. 아버지 보세요. 제발 좀 보세요."

그녀는 갑자기 비명을 질렀다.

"또 움직여요."

그레고르가 이해할 수 없는 공포에 사로잡힌 여동생은 어머니를 거의 밀치듯 뒤로 물러나며 자리에서 벌떡 일어났다. 마치 그레고르 곁에 남아 있기보다는 차라리 어머니를 희생시키는 편이 낫다는 듯 보였다. 그녀는 곧 아버지 뒤로 달려갔다. 아버지는 여동생을 보호하려는 듯 그레고르 앞에서 손을 반쯤 들어 올린 채 서 있었다.

하지만 그레고르는 누구도, 특히 여동생을 겁주려는 의도는 전혀 없었다. 그가 한 일이라곤 그저 자신의 방으로 돌아가기 위해 몸을 돌리기 시작한 것뿐이었다. 그러나 고통에 시달리는 몸 상태 때문에 몸을 돌리는 일은 엄청난 힘을 필요로 했고, 그는 머리를 이용해 몸을 돌리려다 보니 머리를 여러 번 들어 올렸다가 바닥에 부딪히게 되었으며, 그 모습만으로도 충분히 놀랄 만한 광경이 되고 말았다. 그는 잠시 멈춰 서서 주위를 둘러보았다. 가족들은 그의 의도를 알아차린 듯했고, 잠깐 놀라기는 했지만 더 이상 소란을 피우지는 않았다. 그들은 모두 말없이 그를 바라보고 있었다. 어머니는 의자에 기대어 다리를 길게 뻗은 채 서로 붙이고 있었고, 피로에 지친 듯 눈을 거의 감고 있었다. 여동생은 아버지의 목에 팔을 두른 채 그 옆에 앉아 있었다.

"이제는 나를 돌아서게 해 줄지도 모르겠다."

그레고르는 그렇게 생각하며 다시 몸을 돌리는 일을 시작했다. 그는 힘겨운 노력 때문에 숨을 헐떡일 수밖에 없었고, 때때로 멈춰 서서 잠깐씩 숨을 고르기도 했다. 이제는 그를 재촉하는 사람도 없었고, 모든 것이 온전히 그의 몫으로 남겨져 있었다. 마침내 몸을 완전히 돌리는 데 성공하자 그는 곧장 앞으로 기어가기 시작했다. 그는 자신의 방과 자신을 가로막고 있는 거리가 생각보다 훨씬 멀다는 사실에 놀랐고, 조금 전 그 약해진 몸으로 어떻게 그 거리를 거의 의식하지 못한 채 지나왔는지 이해할 수 없었다. 그는 최대한 빨리 기어가는 데만 집중했고, 가족들로부터 자신을 방해할 만한 말 한마디나 비명 소리조차 들리지 않는다는 사실을 거의 알아차리지 못했다. 문턱에 이르렀을 때 그는 고개를 완전히 돌리지는 않았지만 목이 뻣뻣해지는 것을 느끼며 뒤쪽 상황을 확인하려 애썼다. 그래도 뒤에서 크게 변한 것은 없고 여동생만이 자리에서 일어섰다는 사실은 알 수 있었다. 마지막으로 뒤를 돌아보았을 때 어머니는 이미 깊이 잠든 듯 보였다.

그레고르가 방 안으로 들어서자마자 문은 서둘러 닫혔고 곧이어 빗장이 걸리고 자물쇠까지 잠겼다. 뒤에서 들린 갑작스러운 소리에 그레고르는 너무 놀라 작은 다리가 풀려 그 자리에 털썩 주저앉고 말았다. 그렇게 서둘러 문을 잠근 사람은 바로 여동생이었다. 그녀는 그곳에 서서 기다리고 있다가 가볍게 앞으로 뛰어들었는데, 그레고르는 그녀가 다가오는 소리를 전혀 듣지 못했다. 여동생은 자물쇠에 열쇠를 돌리며 부모님에게 큰 소리로 말했다.

"드디어!"

"이제 또 무슨 일이야!"

그레고르는 어둠 속에서 주위를 둘러보며 스스로에게 물

었다. 그는 곧 자신이 더 이상 전혀 움직일 수 없다는 사실을 깨달았다. 그것은 그에게 특별히 놀라운 일은 아니었다. 오히려 그때까지 그 가느다란 다리로 여기저기 돌아다닐 수 있었던 일이 이상하게 느껴질 정도였다. 그는 또한 묘하게 편안함을 느꼈다. 온몸이 쑤시는 것은 사실이었지만, 그 통증은 서서히 약해지다가 결국 완전히 사라질 것만 같았다. 등에 박혀 썩어 가던 사과와 그 주위의 붓기, 온통 하얀 가루로 뒤덮인 부분들도 이미 거의 느껴지지 않았다. 그는 연민과 사랑이 뒤섞인 마음으로 가족들을 떠올렸다. 가능하다면 그는 여동생보다 훨씬 더 강한 마음으로 이 세상을 떠나야 한다고 느꼈다. 그는 새벽 세 시를 알리는 시계탑의 종소리가 들릴 때까지 이 공허하면서도 평화로운 명상의 상태에 머물러 있었다. 창밖에서 서서히 밝아지는 새벽빛도 바라보고 있었다. 그러다 마침내, 그가 의식하지도 못한 사이에 머리가 완전히 아래로 떨어졌고 마지막 숨결이 콧구멍 사이로 조용히 흘러나왔다.

이른 아침 가정부가 집에 들어왔을 때, 그녀는 평소처럼 문을 쾅쾅 닫으며 들어왔다. 가족들은 종종 그녀에게 그렇게 하지 말아 달라고 부탁했지만 그녀는 힘이 세고 늘 서두르는

탓에 여전히 그렇게 행동했다. 그래서 그녀가 도착하면 아파트에 있는 사람들은 모두 그 사실을 알게 되었고 그 후로는 더 이상 편안하게 잠을 잘 수 없었다. 그날도 그녀는 평소처럼 그레고르를 잠깐 들여다보았지만 처음에는 별다른 점을 알아차리지 못했다. 그녀는 그가 일부러 그렇게 가만히 누워 순교자 흉내를 내는 것이라 생각했고, 나름대로 최대한 이해해 주려 했다. 마침 그녀는 긴 빗자루를 들고 있었기 때문에 문턱에 서서 그 빗자루로 그레고르를 간질여 보았다. 그래도 아무 반응이 없자 이번에는 장난처럼 살짝 찔러 보았다. 그런데 아무런 저항 없이 그의 몸이 바닥 위를 밀려 움직이자 그제야 그녀는 주의를 기울였다. 곧 무슨 일이 일어났는지 깨달은 그녀는 눈을 크게 뜨며 혼잣말처럼 콧노래를 흥얼거렸다. 그러나 시간을 낭비하지 않고 곧장 침실 문을 벌컥 열어젖히고 어두운 방 안을 향해 큰 소리로 외쳤다.

"이리 와서 좀 보세요. 죽었어요. 그냥 거기 누워 있는데 완전히 죽었어요!"

잠자 부부는 침대 위에 앉은 채 가정부의 말이 주는 충격에서 겨우 정신을 차리고 나서야 그녀가 무엇을 말하는지 이해할 수 있었다. 그러자 두 사람은 각자 침대 한쪽에서 급히 일어났다. 잠자 씨는 담요를 어깨에 걸쳤고 잠자 부인은 잠옷 차림 그대로 방 밖으로 나왔다. 그렇게 두 사람은 그레고르의 방으로 향했다. 가는 길에 그들은 세 신사가 이사 온 이후로 그레테가 자고 있던 거실 문을 열었다. 그레테는 마치 잠들지 않았던 사람처럼 이미 옷을 모두 갖춰 입고 있었고 창백한 얼굴이 그것을 말해 주는 듯했다.

"죽었어?"

잠자 부인이 가정부를 바라보며 물었다. 비록 직접 확인할 수도 있었고 굳이 묻지 않아도 알 수 있는 일이었지만 말이다.

"제가 그렇게 말했잖아요."

가정부가 대답하며 빗자루로 그레고르의 시신을 다시 한번 밀어 바닥 위를 가로질러 옆으로 굴렸다. 잠자 부인은 빗자루를 막으려는 듯 손을 들어 올렸지만 결국 멈추지는 않았다.

"자, 이제 신께 감사드리자."

잠자 씨가 말했다. 그는 십자 성호를 그었고 세 여자는 그의 뒤를 따라 같은 동작을 했다. 시신에서 눈을 떼지 않던 그레테가 말했다.

"얼마나 말라 있었는지 보세요. 오랫동안 아무것도 먹지 않았잖아요. 음식이 들어가도 그대로 다시 나왔어요."

그레고르의 시체는 정말로 완전히 말라비틀어져 납작해져 있었다. 그들은 그때까지 그 사실을 제대로 알아차리지 못했지만 이제는 그가 작은 다리로 몸을 일으키지도 못하고 시선을 돌리게 할 어떤 움직임도 보이지 않는다는 점이 분명해졌다.

"그레테, 잠깐 우리 방으로 들어오렴."

잠자 부인이 고통스러운 미소를 지으며 말했다. 그레테는 시신을 한 번 더 돌아본 뒤 부모님을 따라 침실로 들어갔다. 가정부는 문을 닫고 창문을 활짝 열었다. 아직 이른 아침이었지만 신선한 공기에는 이미 따뜻한 기운이 섞여 있었다. 어느새 3월 말이 되어 있었기 때문이다.

세 신사는 방에서 나와 놀란 표정으로 아침 식사를 찾으며 주위를 둘러보았다. 그러나 아침 식사는 완전히 잊혀진 상태였다.

"우리 아침 식사는 어디 있습니까?"

가운데 신사가 가정부에게 짜증 섞인 목소리로 물었다. 가정부는 손가락을 입술에 갖다 대며 조용히 하라는 신호를 보냈고 그레고르의 방을 가리켰다. 세 신사는 낡은 코트 주머니에 손을 넣은 채 방 안으로 들어가 그레고르의 시신 주위에 서 있었다. 방 안은 이미 밝아져 있었다.

그때 침실 문이 열리며 잠자 씨가 제복을 입고 한쪽 팔에는 아내를, 다른 팔에는 딸을 끼고 나타났다. 세 사람의 눈에는 눈물이 남아 있었다. 그레테는 때때로 아버지의 팔에 얼굴을 파묻었다.

"내 집에서 나가시오. 당장."

잠자 씨가 문을 가리키며 말했다. 두 여자를 여전히 붙잡은 채였다.

"무슨 말씀이십니까?"

세 신사 중 한 명이 당황한 듯 물으며 상냥한 미소를 지었다. 나머지 두 사람은 손을 등 뒤로 감춘 채 자신들에게 유리하게 끝날 것 같은 격렬한 말다툼을 기대하며 손을 비비고 있었다.

"말한 그대로입니다."

잠자 씨가 대답하며 두 여자들과 함께 그 남자를 향해 곧장 걸어갔다. 처음에 그 남자는 그 자리에 서서 바닥을 내려다보았다. 마치 생각을 정리하는 듯한 모습이었다.

"좋습니다. 그럼 가겠습니다."

그가 말하며 잠자 씨를 올려다보았다. 마치 자신의 결정을 다시 확인받고 싶은 사람처럼 보였다. 잠자 씨는 그저 눈을 크게 뜨고 몇 번 짧게 고개를 끄덕였다.

그러자 그 남자는 곧장 현관으로 향해 큰 걸음으로 걸어갔다. 그의 두 친구는 이미 대화를 듣고 있었기 때문에 서둘러 그를 뒤따라 나갔다. 마치 잠자 씨가 현관으로 먼저 들어가 그들과의 연결을 끊어 버릴까 봐 두려워하는 듯했다. 현관에 도착하자 그들은 모자걸이에서 모자를 집고 지팡이를 챙긴 뒤 아무 말 없이 고개 숙여 인사하고 집을 나섰다.

잠자 씨와 두 여자는 복도로 따라 나갔다. 그러나 그 남자들이 무슨 일을 벌일 것이라고 의심할 이유는 없었기 때문에 복도 난간에 몸을 기대고 세 신사가 계단을 내려가는 모습을 바라보았다. 그들은 층마다 모퉁이를 돌 때마다 시야에서 사라졌다가 다시 나타났다. 그들이 점점 아래로 내려갈수록 잠자 가족의 관심도 점점 멀어졌다. 머리에 쟁반을 얹은 채 당당한 자세로 올라오던 정육점 소년이 그들을 지나쳐 위로 올라왔을 때, 잠자 씨와 두 여자는 계단참에서 물러났다. 그리고 마치 안도라도 한 듯 다시 아파트 안으로 들어갔다.

그들은 그날을 보내는 가장 좋은 방법이 휴식을 취하고 함께 산책을 하는 것이라고 결정했다. 그들은 이미 충분히 일에서 벗어날 자격이 있었고, 무엇보다도 진심으로 휴식이 필요한 상태였다. 그래서 세 사람은 식탁에 앉아 각자 결근계를 쓰기 시작했다. 잠자 씨는 자신의 고용주에게 썼고, 잠자 부인은 일을 맡기던 주문자에게, 그레테는 가게 주인에게 각각 썼다. 그들이 결근계를 쓰고 있을 때 가정부가 방 안으로 들어와 오늘 아침 할 일은 모두 끝났으니 이제 돌아가겠다고 말했다. 세 사람은 처음에는 글에서 눈을 떼지 않은 채 고개만 끄덕였지만, 가정부가 여전히 그 자리에 서 있는 것을 보자 짜증이 섞인 표정으로 고개를 들었다.

"그래서요?"

잠자 씨가 물었다. 가정부는 마치 엄청난 좋은 소식을 전하려는 사람처럼 미소를 지은 채 문가에 서 있었다. 그녀가 일하는 동안 내내 잠자 씨의 신경을 거슬리게 했던 모자 위의 작은 타조 깃털이 거의 수직으로 솟은 채 사방으로 살랑거리고 있었다.

"그래서 무슨 일이죠?"

잠자 부인이 물었다. 그녀는 가정부를 비교적 존중하는 태도를 보였지만 목소리에는 약간의 조급함이 섞여 있었다.

"네, 그게 말입니다."

가정부가 대답했지만 곧바로 말을 잇지 못하고 친근한 웃음을 터뜨렸다.

"그 안에 있는 것 말이에요. 어떻게 처리해야 할지 걱정하실 필요 없습니다. 이미 다 처리해 두었으니까요."

잠자 부인과 그레테는 마치 다시 결근계를 쓰려는 듯 고개를 숙였다. 잠자 씨는 가정부가 그 일을 자세히 설명하려 한다는 것을 알아차렸지만, 손을 들어 그녀에게 더 이상 말하지 말라는 신호를 보냈다. 더 이상 이야기를 할 수 없게 되자 가정부는 갑자기 자신이 매우 바쁘다는 사실을 떠올린 듯했다.

"그럼 이만 가보겠습니다."

그녀는 약간 짜증이 섞인 목소리로 말하며 몸을 돌려 급히 나갔고, 나가면서 문을 세게 쾅 닫았다.

"오늘 밤에 해고해야겠군."

잠자 씨가 말했다. 그러나 방금 되찾은 평온이 가정부의 행동 때문에 다시 흔들린 탓인지 아내나 딸에게서는 아무런 대답도 돌아오지 않았다. 두 사람은 자리에서 일어나 창가로

가서 서로를 껴안은 채 조용히 서 있었다. 잠자 씨는 의자에 앉은 채 몸을 비틀어 그들을 바라보며 한동안 그 모습을 지켜보았다. 그러다가 갑자기 소리쳤다.

"이리 와. 예전에 있었던 일들은 이제 다 잊어버리자. 나에게도 조금 신경을 써 주지 않겠니."

두 여자는 그의 말을 듣자마자 곧바로 다가와 그를 끌어안고 입을 맞추었다. 그리고는 다시 자리로 돌아가 결근계를 마저 써 내려갔다.

그 후 세 사람은 몇 날 만에 처음으로 함께 아파트를 나섰다. 그들은 전차를 타고 도시 외곽의 한적한 시골 쪽으로 향했다. 따스한 햇살이 가득한 전차 안은 그들만의 공간처럼 느껴졌다. 좌석에 편안히 기대어 앉아 앞으로의 삶에 대해 이야기를 나누다 보니, 지금의 상황이 생각만큼 나쁘지 않다는 사실을 깨닫게 되었다. 그동안 서로의 일에 대해 자세히 이야기할 기회가 없었지만, 세 사람 모두 비교적 괜찮은 직장을 가지고 있었고 무엇보다 앞으로의 전망이 밝아 보였다.

당장 시장 큰 변회는 이사 를 히는 것일 디셨다. 지금 살고 있는 집은 그레고르가 골랐던 곳이었지만, 이제는 그보다 더 작고 저렴하면서도 위치가 좋은 곳으로 옮기는 것이 훨씬 현실적인 선택이었다. 무엇보다도 그들에게는 더 실용적인 집이 필요했다. 이야기를 나누는 동안 그레테는 점점 더 활기를 되찾고 있었다. 최근까지 이어진 걱정과 피로 때문에 그녀의 뺨은 창백했지만, 부모는 그 모습을 바라보며 딸이 어느새 건강하고 아름다운 젊은 여인으로 자라나고 있다는 사실을 거의 동시에 깨닫게 되었다.

두 사람은 그 사실을 굳이 말로 꺼내지 않았다. 서로의 눈빛만으로도 충분히 알 수 있었다. 이제 곧 딸에게 어울리는 좋은 남편감을 찾아 줄 때가 왔다는 생각이 자연스럽게 두 사람의 마음속에 떠오른 것이었다.

그리고 마치 그들의 새로운 희망과 다짐을 확인이라도 하듯, 목적지에 도착하자마자 그레테가 가장 먼저 자리에서 일어났다. 그녀는 전차 안에서 가볍게 몸을 쭉 펴며 젊고 건강한 몸을 활짝 늘였다.

시골 의사

나는 큰 곤경에 처해 있었다. 급히 떠나야 할 일이 눈앞에 닥쳐 있었고, 십 마일 떨어진 마을에서 중병에 걸린 환자가 나를 기다리고 있었다. 나와 그곳 사이의 넓은 길은 거센 눈보라로 가득했다. 마차는 하나 있었다. 가볍고 바퀴가 커서 우리 시골길에 잘 맞는 마차였다. 나는 모피 옷을 단단히 여미고 의사 가방을 손에 든 채 이미 마당에 서서 떠날 준비를 마쳤다. 그러나 문제는 말이었다. 바로 그 말이 없었다. 내 말은 지난밤 이 혹독한 겨울에 과로한 탓에 죽어 버렸다. 하녀 로사는 지금 마을을 돌아다니며 말을 빌리려 하고 있었다. 하지만 그것이 소용없는 일이라는 것을 나는 알고 있었다. 눈더미에 점점 더 파묻혀 움직일 수 없게 된 채 나는 그저 무력하게 서 있었다.

잠시 뒤 대문 앞에 로사가 혼자 나타나 등불을 흔들었다. 이런 여정에 누가 자기 말을 빌려주겠는가. 나는 마당을 다시 한 번 둘러보았지만 아무런 방법도 찾을 수 없었다. 정신이 딴 데 가 있고 괴로움에 시달리던 나는 발로 수년째 방치된 돼지우리의 낡은 문을 쿵 하고 걷어찼다. 문은 경첩 위에서 덜컹거리며 열렸다가 다시 닫혔다. 말에게서 나는 듯한 따뜻한 기운과 냄새가 흘러나왔다. 안에서는 흐릿한 마구간 등불이 밧줄에 매달려 흔들리고 있었다. 낮은 우리 안에 웅크리고 있던 한 남자가 파란 눈을 느러낸 얼굴을 내밀었다.

"마차를 준비할까요?"

그가 네 발로 기어 나오며 물었다. 나는 할 말을 찾지 못한 채 몸을 숙여 우리 안에 무엇이 더 있는지 들여다보았다. 로사가 내 곁에 서 있었다.

"자기 집에 어떤 것들이 숨어 있는지 모르는 법이죠."

그녀가 말했고 우리는 둘 다 웃었다.

"이리 와라, 형제여, 이리 와라, 자매여!"

마부가 외치자 두 마리의 말이 모습을 드러냈다. 8 장하고 허리 근육이 단단한 짐승들이었다. 다리를 몸에 바짝 붙이고 낙타처럼 다듬어진 머리를 숙인 채 몸을 비틀어 좁은 문

틈으로 빠져나왔는데, 그 틈을 거의 가득 채우고 있었다. 그러나 곧 그들은 똑바로 서서 다리를 높이 들어 올리고 몸에서 김을 뿜어냈다.

"그를 도와줘."

내가 말하자 순종적인 로사가 서둘러 마부에게 고삐를 건네주려 다가갔다. 그러나 그녀가 그에게 가까이 가자마자 마부는 그녀를 끌어안고 얼굴을 그녀의 얼굴에 들이밀었다. 로사는 비명을 지르며 나에게 달려왔다. 그녀의 뺨에는 두 줄의 이빨 자국이 붉게 찍혀 있었다.

"이 짐승 같은 놈!"

나는 분노에 차 소리쳤다.

"채찍을 맞고 싶으냐?"

그러나 곧 정신을 차렸다. 그는 낯선 사람이었고 어디서 왔는지도 알 수 없었다. 그럼에도 다른 모든 사람들이 외면하는 상황에서 그는 자발적으로 나를 도우려 하고 있었다. 마치 내 생각을 읽은 듯 그는 내 협박에는 아랑곳하지 않고 말들에게만 신경을 쓰며 난 한 번만 나를 돌아볼 뿐이었다.

"타세요."

그가 말했다.

과연 모든 것이 준비되어 있었다. 이렇게 훌륭한 마차를 탄 적이 있었던가 싶어 나는 기분 좋게 올라탔다.

"하지만 내가 마차를 몰겠어. 넌 길을 모르잖아."

내가 말했다.

"물론이죠."

그가 대답했다.

"나는 같이 타지 않을 겁니다. 나는 로사와 함께 있을 테니까요."

"안 돼!"

로사가 소리치며 집 안으로 뛰어 들어갔다. 마치 피할 수 없는 자신의 운명을 이미 예감한 듯했다. 그녀가 걸어 잠근 문고리가 덜컹거리는 소리가 들리고, 곧 자물쇠가 잠기는 소리도 들렸다. 이어서 그녀가 복도를 지나 방들을 빠르게 가로지르며, 자신을 찾지 못하게 하려는 듯 집 안의 불을 하나씩 끄는 모습도 보였다.

"너도 같이 타."

내가 마부에게 말했다.

"아니면 아무리 급한 일이라도 나는 가지 않겠네. 마차의 대가로 내 하녀를 너에게 맡길 생각은 전혀 없어."

"좋습니다!"

그가 말하며 손뼉을 쳤다.

마차는 물살에 떠밀린 나무토막처럼 갑자기 앞으로 휩쓸려 나갔다. 나는 마부의 돌진으로 집 문이 부서져 산산조각 나는 소리를 들었다. 그리고 곧 눈과 귀를 비롯해 온몸의 감각을 가득 채우는 윙윙거리는 소리에 휩싸였다. 그러나 그것은 단 한 순간뿐이었다. 마치 내 마당 문 바로 앞에 환자의 집 마당이 열려 있었던 것처럼, 나는 이미 그곳에 도착해 있었다.

말들은 조용히 서 있었다. 눈은 그쳤고 사방에는 달빛이 가득했다. 환자의 부모가 서둘러 집에서 나왔고, 그 뒤를 여동생이 따랐다. 사람들은 거의 나를 들어 올리듯 마차에서 내렸다. 여기저기서 들려오는 말들은 뒤섞여 무엇인지 알아들을 수 없었다.

병실 안의 공기는 숨쉬기 어려울 만큼 답답했다. 방치된 난로에서는 연기가 피어오르고 있었다. 창문을 활짝 열어야겠다고 생각했다. 그러나 우선 환자를 보아야 했다.

소년은 마르고 열도 없었으며, 춥지도 덥지도 않은 모습이었다. 텅 빈 눈으로 셔츠도 입지 않은 채 이불 속에서 몸을 일으키더니 내 목에 매달려 귀에 속삭였다.

"선생님, 저를 죽게 해 주세요."

나는 주위를 둘러보았다. 아무도 그 말을 듣지 못한 듯했다. 부모는 침묵한 채 몸을 앞으로 숙이고 내 진단을 기다리고 있었다. 여동생이 내 가방을 놓을 의자를 가져왔다. 나는 가방을 열어 도구들을 뒤적였다. 소년은 침대에서 손을 뻗어 계속 나를 더듬으며 자신의 부탁을 되풀이했다.

나는 핀셋을 집어 들고 **촛불** 아래에서 잠시 살펴본 뒤 다시 내려놓았다.

"그래."

나는 속으로 생각했다.

"이런 경우에는 신들이 도와주는 법이지. 부족한 말을 보내주고, 서두르는 나에게 한 마리나 더 보내주고, 덤으로 마부까지 보내 주는 거지."

그때서야 로사가 떠올랐다.

나는 무엇을 해야 할까. 어떻게 그녀를 구할 수 있을까. 마부의 손에서 그녀를 어떻게 끌어낼 수 있을까. 나는 지금 그녀로부터 십 미일이나 떨어진 곳에 있고, 내 앞에는 통제할 수 없는 말들이 서 있다.

말들은 어느새 고삐를 느슨하게 풀어 버렸고, 창문은 어떻게 된 일인지 밖에서 밀려 열려 있었다. 말들은 각자 창문으로 머리를 들이밀고 가족들의 비명에도 아랑곳하지 않은 채 환자를 내려다보고 있었다.

"금방 돌아가야겠다."

나는 생각했다.

말들이 나에게 여행을 재촉하는 것처럼 느껴졌다. 하지만 더위에 정신이 혼미해졌다고 생각한 여동생이 내 모피 외투를 벗기는 것을 나는 그대로 두었다. 럼주 한 잔이 내 앞에 놓였다. 노인은 내 어깨를 두드렸다. 그의 가장 소중한 것을 내게 맡긴다는 사실이 이 친근한 행동을 정당화하는 듯했다.

나는 고개를 저었다. 노인의 좁은 생각 속에서는 숨이 막힐 것 같았다. 그래서 나는 술을 마시지 않았다.

어머니가 침대 곁에서 나를 부르자 나는 그쪽으로 갔다. 말 한 마리가 천장을 향해 요란하게 울부짖는 동안, 나는 떨고 있는 소년의 가슴에 머리를 기댔다. 젖은 수염 아래에서 떨고 있는 몸이 느껴졌다.

내가 이미 알고 있던 사실이 확인되었다. 소년은 건강했다. 혈액 순환이 조금 나쁜 것뿐이었다. 걱정 많은 어머니가 커피를 지나치게 먹였을 것이다. 이 소년에게 가장 좋은 처방은 침대에서 끌어내는 것이었다.

나는 세상을 고치러 다니는 사람이 아니다. 그래서 그는 그대로 침대에 누워 있게 된다. 나는 지역에 고용된 의사로서 거의 감당하기 어려울 만큼까지 내 의무를 수행한다. 보수는 적지만, 나는 가난한 사람들에게 너그럽게 도움을 주려한다.

그러나 나는 로사를 돌봐야 한다. 그 뒤라면 어쩌면 소년의 말이 맞을지도 모른다. 나 역시 죽고 싶어질지도 모른다.

이 끝없는 겨울 속에서 내가 여기서 무엇을 하고 있는가. 내 말은 죽어 버렸고, 마을에는 나에게 말을 빌려줄 사람도 없다. 나는 돼지우리에서 마차를 끌어내야 했다. 만약 말이 아니었다면 암퇘지를 끌고 갔을지도 모른다. 그것이 현실이다.

나는 가족들에게 고개를 끄덕여 보였다. 그들은 이 사실을 알지 못하고, 설령 알더라도 믿지 않을 것이다. 처방전을 쓰는 일은 쉽다. 하지만 그 외의 일로 사람들과 이해를 나누는 것은 어렵다.

이제 내 방문은 여기서 끝이다. 또다시 불필요한 수고를 했지만, 나는 이미 그런 일에 익숙하다. 밤 종소리는 온 마을을 동원해 나를 괴롭히고, 이번에는 로사까지 내어주어야 했다. 수년 동안 거의 신경 쓰지 않은 채 내 집에서 지내던 그 아름다운 소녀를 말이다.

이 희생은 너무 크다. 그래서 나는 이 가족에게 화를 내지 않기 위해 스스로를 억지로 달랜다. 아무리 선의를 다해도 로사를 돌려줄 수 없는 그들에게 말이다.

나는 가방을 닫고 모피 외투를 달라고 손짓했다. 가족들이 모두 모여 서 있었다. 아버지는 손에 든 럼주 잔을 킁킁거리며 서 있었고, 어머니는 아마 나에게 실망한 듯 보였다.

도대체 이 사람들은 무엇을 기대하고 있는 것일까.

눈물을 머금고 입술을 깨물고 있는 어머니, 피로 물든 수건을 흔들고 있는 여동생을 보자 나는 어쩌면 이 소년이 정말로 아픈 것일지도 모른다고 인정할 준비가 되었다.

나는 소년에게 다가갔다.

소년은 마치 내가 세상에서 가장 진한 국이라도 가져다줄 사람인 것처럼 나를 향해 미소를 지었다.

아, 이제 두 마리 말이 동시에 울부짖는다. 그 소리는 아마도 윗사람의 명령으로 조사를 쉽게 하려는 것처럼 들린다. 그리고 그 순간 나는 깨닫는다. 그래, 그 소년은 분명 아프다. 그의 오른쪽 엉덩이 근처에 손바닥만 한 상처가 벌어져 있다. 분홍빛을 띠고 여러 색조가 뒤섞여 있으며, 안쪽은 어둡고 가장자리로 갈수록 점점 밝아진다. 상처의 결은 고르고 그 속에는 피가 고르지 않게 고여 있다. 마치 땅속 광산이 입을 벌리고 있는 것처럼 활짝 열려 있다. 멀리서 보면 그서 그런 상처처럼 보인다. 그러나 가까이서 들여다보면 상황은 훨씬 심각하다. 이것을 보고도 조용히 휘파람을 불지 않을 수 있는 사람이 과연 있을까. 내 새끼손가락만큼 굵고 긴 벌레들이 상처 속 깊이 갇혀 있으면서도 하얀 머리와 수많은 다리를 내밀며 빛을 향해 꿈틀거리고 있다. 본래의 분홍빛에 피까지 묻어 더욱 끔찍하다.

불쌍한 아이야, 이제 너는 소용없다. 나는 네 큰 상처를 발견했다. 네 옆구리에 핀 이 꽃 때문에 너는 죽어가고 있다. 가족들은 기뻐한다. 내가 분주하게 움직이는 모습을 보고서다. 누나는 어머니에게 알리고, 어머니는 아버지에게, 아버지는 몇몇 손님들에게 이 사실을 선안나. 손님들은 발끝으로 서서 팔을 뻗어 균형을 잡으며 열린 문 사이로 스며드는 달빛 속으로 들어온다.

"나를 구해 줄 수 있겠어요?"

소년이 흐느끼며 속삭인다. 상처 속에서 꿈틀거리는 생명력에 완전히 눈이 부신 듯한 얼굴로. 우리 마을 사람들은 모두 이렇다. 의사에게 늘 불가능한 것을 요구한다. 그들은 옛 신앙을 잃어버렸다. 신부는 집에 앉아 미사 예복을 하나씩 뜯어내고 있고, 의사는 그 섬세한 외과의사의 손으로 모든 것을 해내야 한다

그래, 마음대로 하라. 내가 자청해서 온 것도 아니다. 너희가 나를 어떤 신성한 목적에 이용하려 한다면 나 역시 받아들이겠다. 하녀 로자마저 잃어버린 늙은 시골 의사인 내가 더 나은 것을 기대할 수 있겠는가.

그때 가족들과 마을 원로들이 들어온다. 그들은 내 옷을 벗긴다. 학교 선생을 앞세운 아이들의 합창단이 집 앞에 서서 단순한 선율로 노래를 부른다.

"그의 옷을 벗기면 그는 치유될 것이다.

치유되지 않는다면 그를 죽여라.

그저 의사일 뿐, 그저 의사일 뿐."

나는 벌거벗은 채 수염을 만지작거리며 고개를 숙이고 사람들을 차분히 바라본다. 나는 완전히 침착하다. 모두보다 우월한 듯한 태도를 유지한다. 그것이 내게 아무런 도움이 되지 않는다는 것을 알면서도 말이다.

이제 그들은 내 머리와 발을 잡고 나를 침대로 옮긴다. 나를 벽 쪽, 상처 옆에 눕힌다. 그리고 모두 방을 나간다. 문이 닫히고 노래도 멎는다. 구름이 달을 가리고 이불이 나를 따뜻하게 덮는다. 창문 틈으로 말들의 머리가 그림자처럼 흔들린다.

"있잖아요."

소년의 속삭임이 내 귀에 들린다.

"나는 당신을 거의 믿지 않아요. 당신은 어딘가에서 쫓겨나 여기 온 것뿐이고, 스스로 오신 게 아니잖아요. 나를 도와주기는커녕, 제가 죽을 침대마저 좁게 만드시네요. 차라리 당신 눈을 할퀴고 싶어요."

"맞아."

나는 말한다.

"참으로 수치스러운 일이지. 하지만 나는 의사야. 내가 무엇을 할 수 있겠어. 믿어줘, 나에게도 쉬운 일은 아니야."

"그 변명 하나로 내가 만족해야 한다는 거야? 어쩔 수 없지. 나는 언제나 만족해야만 하니까. 나는 태어날 때부터 이 아름다운 상처를 안고 태어났어. 그것이 내 전부야."

"젊은 친구."

나는 말한다.

"네 잘못은 전체를 보지 못한다는 데 있어. 나는 수많은 병실을 돌아다닌 의사로서 말하겠다. 네 상처는 그렇게 나쁘지 않아. 도끼로 두 번 휘둘러 생긴 상처일 뿐이야. 많은 사람들이 목숨을 내놓으려 하지만 숲속에서 도끼 소리를 듣기도 어렵고, 그것이 다가오는 것을 보기도 어렵지."

"정말인가요? 아니면 열이 나는 나를 속이는 건가요?"

"정말이야. 지역 의사의 명예를 걸고 맹세하겠다."

소년은 그 말을 받아들이고 침묵한다.

하지만 이제 나는 탈출을 생각한다. 말들은 여전히 제자리에 서 있다. 나는 옷과 모피, 가방을 서둘러 챙긴다. 옷을 입는 데 시간을 낭비하고 싶지 않다. 말들이 올 때처럼 서둘러 준다면 나는 말하자면 이 침내에서 내 침대로 뛰어내리는 셈이 된다.

말 한 마리가 창가에서 조용히 물러난다. 나는 짐 꾸러미를 마차에 던져 넣는다. 모피 외투는 너무 멀리 날아가 소매 하나만 갈고리에 걸려 있다. 그것으로도 충분하다. 나는 말에 올라탄다. 고삐는 느슨하게 끌리고, 말들은 서로 간신히 연결된 채 움직인다. 마차는 뒤에서 비틀거리며 따라오고 모피 외투는 눈 위에서 질질 끌린다.

"힘내!"

나는 말하지만 마차는 힘차게 달리지 않는다. 노인이 걷듯 느릿느릿하게 우리는 눈 덮인 황야를 가로질러 간다. 뒤에서는 아이들의 새롭고도 엉뚱한 노래가 오래도록 울려 퍼진다.

"기뻐하라, 환자들아.
의사가 너희를 침대에 눕혀 주었으니!"

나는 이런 모습으로 집에 돌아갈 수 없다. 번창하던 내 진료소는 사라졌다. 후임자가 내 자리를 노리지만 소용 없다. 그는 나를 대신할 수 없다. 내 집에서는 역겨운 마부가 날뛰고 있고 로자는 그의 희생양이 되었다. 나는 그 생각을 하고 싶지 않다.

나는 알몸으로 이 가장 불행한 시대의 추위 속에 노출된 채 이승의 마차와 저승의 말들을 타고 늙은 의사로서 방황하고 있다. 내 모피 외투는 마차 뒤에 매달려 있지만 나는 그것에 닿을 수 없다. 이리저리 떠도는 환자들 가운데 누구도 손가락 하나 까딱하지 않는다.

속았다. 속았다.

단 한 번 밤 종소리의 잘못된 울림을 따라갔을 뿐인데, 이일은 결코 만회할 수 없는 것이다.

판결

. . . .

가장 아름다운 봄날의 어느 일요일 오전이었다. 젊은 상인 게오르크 벤데만은 강을 따라 길게 늘어선 집들 가운데 한 채의 1층 방에 앉아 있었다. 그 집들은 높이와 색깔만 다를 뿐 거의 똑같이 생긴 낮고 가벼운 구조의 건물들이었다. 그는 막 해외에 있는 소꿉친구에게 보낼 편지를 다 쓰고, 장난스럽게 느릿느릿 봉투를 봉한 뒤 팔꿈치를 책상에 괴고 창밖을 바라보았다. 강과 다리, 그리고 맞은편 강둑의 연한 초록빛 언덕들이 눈에 들어왔다.

그는 고향에서의 처지가 마음에 들지 않아 몇 년 전 러시아로 사실상 도피하듯 떠났던 그 친구를 떠올렸다. 지금 그는 상트페테르부르크에서 사업을 하고 있었다. 처음에는 사업이 꽤 잘되는 듯 보였지만, 친구가 점점 드물게 보내오는 편지에서는 오래전부터 일이 잘 풀리지 않는다는 불평이 느껴졌다. 그는 이국 땅에서 헛되이 애쓰고 있는 것처럼 보였다. 이국적인 짙은 수염도 어린 시절부터 익숙했던 그의 얼굴을 제대로 가리지 못했고, 누렇게 뜬 피부는 점점 깊어지는 병을 암시하는 듯했다. 그의 말에 따르면 그곳의 동포 공동체와도 거의 교류가 없었고, 현지 가족들과의 사교적인 관계도 거의 없었다. 그렇게 그는 마치 영원한 독신 생활을 준비하고 있는 사람처럼 보였다.

이처럼 분명 길을 잘못 든 사람에게 도대체 무엇을 써야 할까. 안타깝게 여길 수는 있지만 실제로 도울 수는 없는 사람에게 말이다. 그에게 고향으로 돌아오라고 권해야 할까. 그곳의 생활을 정리하고 옛 친구들과의 관계를 다시 이어가라고 말해야 할까. 사실 그럴 만한 특별한 장애물도 없었다. 그리고 나머지는 친구들의 도움을 믿으라고 하면 되지 않을까.

그러나 그렇게 말하는 것은 곧 다른 의미를 담게 될 것이다. 말투가 아무리 부드러워도 그것은 결국 그에게 지금까지의 시도가 실패했음을 인정하라고 말하는 것이나 다름없을 것이다. 이제는 모든 것을 포기하고 돌아와야 한다고, 그리

고 돌아온 사람으로서 사람들의 시선을 받으며 살아가야 한다고 말하는 셈이 된다. 친구들만이 상황을 이해하고 있고, 그는 결국 고향에 남아 성공한 친구들을 뒤따라가는 늙은 아이에 불과하다는 사실을 깨닫게 만드는 일이 될 것이다.

게다가 그런 말을 하는 것이 과연 목적을 이루게 될지 누가 장담할 수 있을까. 어쩌면 그를 고향으로 데려오는 일조차 성공하지 못할지도 모른다. 그는 이미 고향의 상황을 더 이상 이해하지 못한다고 말했으니까. 그렇게 되면 그는 결국 이국 땅에 남게 될 것이고, 친구들의 충고 때문에 마음이 더 쓰라려져 오히려 더 멀어질지도 모른다.

그리고 만약 그가 정말로 그 충고를 따랐다고 해 보자. 그는 여기에서, 물론 의도하지는 않았겠지만 현실에 짓눌려 친구들 속에서 혹은 친구들 없이 살아가야 할 것이다. 수치심을 느끼며, 결국 고향도 친구도 잃은 채 살아가게 될지도 모른다. 그렇다면 차라리 지금처럼 이 낯선 나라에 머무는 편이 그에게 더 나은 일이 아닐까.

이러한 이유로 게오르크는 그 친구에게 솔직한 이야기를 쓰지 못했다. 아무리 편지 왕래를 계속하고 싶어도 가장 먼 지인에게조차 거리낌 없이 할 수 있는 말을 그에게는 할 수 없었다. 그 친구는 벌써 3년 넘게 고향에 돌아오지 않았다. 그는 러시아의 불안정한 정치 상황을 핑계로 내세웠다. 소상인이 잠시라도 자리를 비우는 것이 어렵다고 말했지만, 실제로는 수십만 명의 러시아 사람들이 아무렇지도 않게 세계 곳곳을 여행하고 있었다.

그러는 동안 게오르크의 삶에는 많은 변화가 있었다. 약 2년 전 어머니가 세상을 떠났고, 그 이후 그는 늙은 부친과 함께 살게 되었다. 친구도 아마 그 사실을 알고 있었을 것이다. 그는 편지를 보내 조의를 표했지만, 그 어조는 몹시 냉담했다. 외국에 있는 사람에게는 그런 슬픔을 상상하기 어렵기 때문일지도 몰랐다.

하지만 그 이후 게오르크는 다른 모든 일과 마찬가지로 사업에도 더욱 힘을 쏟았다. 어머니가 살아 계실 때는 아버지가 사업에서 자신의 의견만을 고집했기 때문에 게오르크가 스스로 일을 펼치기 어려웠을지도 모른다. 어머니가 돌아가신 뒤에도 아버지는 여전히 회사에 나가고 있었지만 이전보다 훨씬 소극적으로 변했다. 어쩌면 단순한 행운이 더 큰 역할을 했을 수도 있다. 어쨌든 사업은 지난 2년 동안 예상 밖으로 크게 성장했다. 직원 수는 두 배로 늘었고 매출은 다섯 배로 증가했으며, 더 큰 발전이 눈앞에 다가와 있었다.

그러나 친구는 이러한 변화에 대해 전혀 알지 못했다. 예전에 보낸 편지, 어쩌면 마지막이었을지도 모르는 그 조의를 표했던 편지에서 그는 게오르크에게 러시아로 이주해 오라고 설득했었다. 특히 상트페테르부르크에서 게오르크의 사업 분야가 얼마나 유망한지 장황하게 설명하기도 했다. 하지만 그가 제시한 수치는 지금 게오르크의 사업 규모에 비하면 매우 작은 것이었다.

그럼에도 게오르크는 친구에게 자신의 사업적 성공을 알리고 싶지 않았다. 지금에 와서 갑자기 그런 이야기를 꺼낸다면 오히려 이상하게 보일 것 같았기 때문이다.

그래서 게오르크는 친구에게 늘 하찮은 일들만 써 보냈다. 그런 일들은 한가한 일요일에 떠올려 보면 기억 속에 무질서하게 쌓여 있는 사소한 사건들이었다. 그는 친구가 오랜 세월 동안 마음속에 그려 온 고향의 모습을 그대로 두고 싶었다. 이미 받아들인 그 이미지를 흔들지 않기를 바랐던 것이다. 그래서 게오르크는 별로 중요하지도 않은 한 사건을, 즉 별 관심 없는 한 남자가 역시 별 관심 없는 한 여자와 약혼했다는 이야기를 세 통의 편지에 걸쳐 띄엄띄엄 전하게 되었는데,

결국 친구는 게오르크의 의도와는 정반대로 그 기묘한 일에 흥미를 보이기 시작했다.

하지만 게오르크는 한 달 전 자신이 부유한 집안의 딸인 프리다 브란덴펠트와 약혼했다는 사실을 인정하는 것보다, 그런 하찮은 이야기들을 친구에게 편지로 쓰는 편이 훨씬 편했다. 그는 종종 약혼녀에게 이 친구 이야기와, 그와 이어 오고 있는 특별한 편지 왕래에 대해 말하곤 했다.

"그럼 그는 우리 결혼식에 전혀 오지 않겠네요."

그녀가 말했다.

"그래도 나는 네 친구들을 모두 알 권리가 있잖아요."

"나는 그를 난처하게 만들고 싶지 않아."

게오르크가 대답했다.

"잘 생각해 봐. 그는 아마 오긴 할 거야, 적어도 나는 그렇게 믿어. 하지만 강요당한다고 느끼고 마음이 상할 거야. 어쩌면 나를 부러워할지도 모르고, 분명 불만을 품겠지. 그런데 그 불만을 풀 길도 없이 다시 혼자 돌아가야 할 거야."

"하지만 그게 무슨 뜻인지 알아요?"

"그래. 그렇다면 우리가 결혼한다는 사실을 다른 방법으로 알게 될 수도 있겠지."

"그건 내가 막을 수 있는 일이 아니지만, 그의 생활 방식으로 보면 그럴 가능성은 거의 없겠지."

"게오르크, 네게 그런 친구가 있다면 애초에 약혼을 하지 말았어야 했어요."

"그래, 그건 우리 둘 다의 잘못일지도 몰라. 하지만 그렇다고 해서 지금 다른 선택을 하고 싶지는 않아."

그녀가 숨을 가쁘게 몰아쉬며 그의 입맞춤 속에서 "사실은 조금 상처받았어요."라고 덧붙였을 때, 게오르크는 친구에게 모든 사실을 써 보내도 아무 문제가 없을 것이라고 생각했다.

"나는 이런 사람이야. 그는 나를 있는 그대로 받아들여야 해."

그는 스스로에게 말했다.

"내 자신 속에서, 그와 우정을 나누기에 더 알맞을지도 모르는 다른 사람을 떼어 낼 수는 없으니까."

그래서 그는 그 일요일 아침에 쓴 긴 편지에서 친구에게 약혼 소식을 이렇게 전했다.

"가장 좋은 소식은 마지막까지 남겨 두었어. 나는 프리다 브란덴펠트와 약혼했어. 부유한 집안의 아가씨인데, 네가 떠난 뒤에야 이곳에 정착했기 때문에 아마 너는 그녀를 알지 못할 거야. 언젠가 내 약혼녀에 대해 더 자세히 이야기할 기회가 있겠지만, 오늘은 내가 꽤 행복하다는 것과, 우리 사이의 관계에서 달라진 점은 이제 네가 나를 단순한 친구가 아니라 행복한 친구로 여기게 될 것뿐이라는 사실만 알아두면 충분해. 게다가 너에게 따뜻한 안부를 전하며 조만간 직접 편지를 쓰게 될 내 신부는, 독신남에게 결코 사소하지 않은 진심 어린 친구가 되어 줄 거야. 여러 사정 때문에 우리 집을 방문하기를 망설이고 있다는 것을 알고 있지만, 내 결혼식이야말로 모든 장애물을 한 번에 뛰어넘을 좋은 기회가 아닐까? 하지만 어떤 고려도 하지 말고 오직 네가 옳다고 생각하는 대로 행동해라."

이 편지를 손에 든 채 게오르크는 한동안 책상에 앉아 창밖을 바라보고 있었다. 골목길을 지나가던 지인이 그에게 인사를 했지만, 그는 딴생각에 잠긴 듯 희미한 미소로 겨우 답할 뿐이었다.

마침내 그는 편지를 주머니에 넣고 방을 나섰다. 작은 복도를 지나 몇 달 동안 들이지 않았던 아버지의 방으로 향했다. 사실 굳이 그곳에 갈 이유는 없었다. 그는 사업 때문에 아버지와 하루 종일 함께 있었고, 점심도 늘 같이 먹었다. 저녁은 각자 해결했지만, 게오르크가 친구들을 만나러 가거나 -대개는 그랬지만- 지금처럼 약혼녀를 만나러 가지 않는 날이면 두 사람은 공동 거실에 앉아 각자 신문을 읽으며 잠시 시간을 보내곤 했다.

게오르크는 화창한 아침에도 아버지의 방이 얼마나 어두운지 보고 놀랐다. 좁은 마당 너머로 높이 솟은 담장이 깊은 그림자를 드리우고 있었기 때문이다. 아버지는 돌아가신 어머니의 여러 유품으로 장식된 구석 창가에 앉아 신문을 눈앞에 비스듬히 들고 읽고 있었다. 시력이 약해진 것을 보완하려는 듯했다. 테이블 위에는 아침 식사의 흔적이 남아 있었지만 거의 손을 대지 않은 것 같았다.

"아, 게오르크!"

아버지가 말하며 곧바로 그에게 다가왔다. 걸을 때마다 두꺼운 잠옷이 벌어지며 옷자락이 펄럭였다.

"아버지는 여전히 거인이시군."

게오르크는 속으로 생각했다.

"여긴 정말 견딜 수 없을 만큼 어둡네요."

그가 말했다.

"그래, 꽤 어둡지."

아버지가 대답했다.

"창문도 닫아 두셨네요?"

"나는 이렇게 있는 게 더 좋다."

"밖은 꽤 따뜻한데요."

게오르크는 아까의 말을 이어 가듯 말하며 자리에 앉았다.

아버지는 아침 식사 그릇들을 치워 상자 위에 올려놓았다.

"사실은 말씀드릴게 있어서 왔어요."

노인의 움직임을 멍하니 바라보던 게오르크가 말을 이었다.

"결국 상트페테르부르크에 약혼 사실을 알렸습니다."

그는 주머니에서 편지를 살짝 꺼냈다가 다시 집어넣었다.

"상트페테르부르크에?"

아버지가 물었다.

"제 친구에게요."

게오르크가 말했다. 그러면서 아버지의 눈을 바라보았다.

"일할 때의 모습은 정말 다른데."

그는 생각했다.

"지금처럼 다리를 벌리고 앉아 팔짱을 끼고 있는 모습과는
전혀 다르군."

"그래, 네 친구에게 말이구나."

아버지가 다시 한번 강조하며 말했다.

"아버지, 제가 처음에는 그에게 약혼 사실을 숨기려고 했던 거 아시잖아요. 배려 때문이었지, 다른 이유는 없었어요. 아버지도 아시다시피 그는 까다로운 사람이니까요. 저는 생각했어요. 다른 경로를 통해 제 약혼 소식을 듣게 될 수도 있겠지만 -그의 고독한 생활 방식으로 보면 그럴 가능성은 거의 없겠지만- 그건 제가 막을 수 없는 일이니까요. 하지만 적어도 저에게서 직접 듣게 해서는 안 된다고 생각했어요."

"그래서 이제는 마음을 바꿨다는 거냐?"

아버지가 물으며, 큰 신문을 창턱 위에 올려놓고 그 위에 안경을 얹은 뒤 손으로 안경을 가렸다.

"네, 마음을 바꿨어요. 그가 제 좋은 친구라면, 제 행복한 약혼 소식도 그에게 기쁜 일이 될 거라고 생각했거든요. 그래서 더 이상 망설이지 않고 그에게 알리기로 했어요. 하지만 편지를 우체통에 넣기 전에 아버지께 먼저 말씀드리고 싶었습니다."

"게오르크."

아버지가 이가 빠진 입을 크게 벌리며 말했다.

"자, 들어보렴. 너는 이 일 때문에 나에게 와서 상의하려고 왔구나. 그건 분명 네가 훌륭한 사람이라는 증거다. 하지만 지금 네가 나에게 모든 진실을 말하지 않는다면, 그건 아무것도 아닌 것보다 더 나쁜 일이 된다. 나는 여기서 굳이 들추어낼 필요가 없는 일들을 꺼내고 싶지는 않다. 네 어머니가 돌아가신 뒤로 몇 가지 좋지 않은 일들이 있었지. 언젠가는 그 일들을 이야기할 때가 올지도 모르고, 우리가 생각하는 것보다 더 빨리 그때가 올지도 모른다. 사업 때문에 내가 놓치는 일도 있고, 어쩌면 나에게 숨겨지는 일도 있을 것이다. 지금 당장 숨겨지고 있다고 단정하고 싶지는 않다. 하지만 나는 이제 예전처럼 힘이 넘치지도 않고, 기억력도 약해졌으며, 수많은 일을 한눈에 꿰뚫어 보는 능력도 잃어버렸다. 첫째로 그것은 자연의 이치이고, 둘째로는 네 어머니의 죽음이 너보다 나에게 훨씬 더 큰 타격이었기 때문이다. 하지만 우리가 지금 이 일, 이 편지에 대해 이야기하고 있으니 말이다. 게오르크, 제발 나를 속이지 말아라. 아주 사소한 일일지도 모르고, 신경 쓸 가치도 없을지 모르지만 그래도 속이지 말아라. 정말 상트페테르부르크에 그런 친구가 있느냐?"

게오르크는 당황한 듯 벌떡 일어섰다.

"제 친구 이야기는 그만하시죠. 천 명의 친구가 있어도 제 아버지를 대신할 수는 없어요. 제가 무슨 생각을 하고 있는지 아세요? 아버지는 몸을 너무 혹사하고 계세요. 나이도 있는 만큼 건강을 생각하셔야죠. 아버지는 제 사업에 꼭 필요한 분이에요. 그건 아버지도 잘 아시잖아요. 하지만 만약 사업이 아버지의 건강을 해친다면 저는 내일 당장이라도 회사를 닫겠습니다. 이건 안 됩니다. 우리는 아버지를 위해 완전히 다른 생활 방식을 만들어야 합니다. 근본적으로 바꿔야 해요. 아버지는 이렇게 어두운 방에 앉아 계시지만 거실에는 밝은 햇빛이 들어옵니다. 아침 식사도 제대로 하지 않고 조금씩만 드시잖아요. 창문도 닫아 두고 계시고요. 신선한 공기가 아버지께 훨씬 더 좋을 텐데요. 안 됩니다, 아버지. 제가 의사를 모셔 오겠습니다. 그리고 그분의 지시를 따르도록 합시다. 방도 바꾸겠습니다. 아버지는 앞방으로 옮기시고 저는 여기로 오겠습니다. 아버지에게는 아무것도 달라질 게 없습니다. 모든 것을 그대로 옮겨 놓을 테니까요. 하지만 그건 나중에 할 일이고, 지금은 침대에 좀 더 누워 계세요. 꼭 휴식이 필요합니다. 자, 옷을 벗는 걸 도와드릴게요. 보세요, 제가 할 수 있습니다. 아니면 당장 앞방으로 가시겠어요? 그러면 당분간 제 침대에 누우세요. 그게 훨씬 현명한 선택이 될 겁니다."

게오르크는 덥수룩한 흰 머리가 가슴 위로 늘어진 아버지 바로 곁에 서 있었다.

"게오르크."

아버지가 거의 움직이지 않은 채 조용히 말했다.

게오르크는 즉시 아버지 곁에 무릎을 꿇었다. 그는 아버지의 지친 얼굴을 바라보았다. 눈꼬리에 크게 부풀어 오른 동공이 그를 향하고 있었다.

"너는 상트페테르부르크에 친구가 없잖아. 너는 항상 장난꾸러기였고 나에게도 숨김없이 굴었지. 그런데 하물며 그곳에서 친구가 있을 리가 있겠느냐. 나는 도저히 믿을 수가 없다."

"다시 한번 생각해 보세요, 아버지."

게오르크가 말했다. 그는 아버지를 안락의자에서 일으켜 세우고, 이제 기력이 많이 약해진 아버지의 잠옷을 벗겨 주었다.

"곧 3년이 되겠네요. 그때 제 친구가 우리 집에 놀러 왔었 잖아요. 아버지가 그 친구를 별로 좋아하지 않으셨던 것도 아직 기억합니다. 적어도 두 번은 아버지가 보는 앞에서 그 친구를 모른 척하셨죠. 그 친구가 바로 제 방에 앉아 있었는데도 말입니다. 아버지가 그 친구를 마음에 들어 하지 않으신 것도 이해했습니다. 제 친구도 꽤 특이한 사람이니까요. 하지만 그 뒤에는 아버지와 그 친구가 꽤 잘 이야기를 나누기도 했잖아요. 아버지가 그의 말을 듣고 고개를 끄덕이며 질문을 하시던 모습이 저는 정말 자랑스러웠습니다. 조금만 생각해 보시면 기억나실 겁니다. 그때 그는 러시아 혁명에 관한 믿기 어려운 이야기들을 들려주었죠. 예를 들면 키예프로 출장 갔을 때 소동이 일어났고, 그 와중에 발코니에 서 있던 한 성직자가 손바닥에 커다란 피의 십자가를 새긴 뒤 그 손을 들어 군중에게 외쳤다는 이야기 말입니다. 아버지도 가끔 그 이야기를 다시 들려주시곤 했잖아요."

그 사이 게오르크는 아버지를 다시 앉히고, 린넨 속바지 위에 입은 트리코 바지와 양말을 조심스럽게 벗겨 주었다. 그리 깨끗하지 않은 속옷을 보자 그는 아버지를 소홀히 했다는 자책감에 사로잡혔다. 아버지의 속옷을 갈아입히는 일을 챙기는 것도 분명 그의 책임이었을 것이다. 그는 신부와 함께 앞으로 아버지를 어떻게 모실지에 대해 아직 자세히 이야기해 본 적이 없었다. 두 사람은 아버지가 혼자 지금의 아파트에 남아 계실 것이라고 암묵적으로 생각하고 있었기 때문이다. 그러나 지금 게오르크는 마음을 굳혔다. 아버지를 자신의 미래 가정으로 모시기로. 자세히 생각해 보면 그곳에서 아버지께 드릴 수 있는 돌봄이 이미 너무 늦은 것은 아닐까 하는 생각까지 들었다.

그는 아버지를 두 팔로 안아 들고 침대로 향했다. 침대까지 몇 걸음을 옮기는 동안, 아버지가 자신의 가슴에 달린 시계 줄을 만지작거리고 있다는 사실을 깨닫자 그는 소름이 끼칠 듯한 기분이 들었다. 아버지는 시계 줄을 너무 꽉 움켜쥐고 있어서 곧바로 침대에 눕힐 수가 없었다.

하지만 침대에 눕자마자 모든 것이 괜찮아 보였다. 아버지는 스스로 이불을 끌어올려 어깨까지 단단히 덮었다. 그리고 게오르크를 향해 불친절하지 않은 눈빛으로 조용히 올려다보았다.

"그래, 이제 그 친구를 기억하고 계시는군요?"

게오르크가 격려하듯 고개를 끄덕이며 말했다.

"이불은 잘 덮였느냐?"

아버지가 발이 제대로 덮였는지 확인할 수 없는 사람처럼 물었다.

"벌써 침대에 있는 게 마음에 드시나 보네요."

게오르크는 말하며 이불을 더 단단히 덮어 주었다.

"이불이 잘 덮였느냐?"

아버지가 다시 물었다. 이번에는 대답을 몹시 신경 쓰는 듯했다.

"걱정하지 마세요. 이불은 잘 덮여 있습니다."

"아니다!"

아버지가 갑자기 외쳤다. 그는 질문과 동시에 대답을 밀어 내듯 이불을 힘껏 걷어차 버렸다. 이불은 순간 공중에서 완전히 펼쳐졌고, 그는 침대 위에서 곧장 일어섰다. 한 손으로만 천장을 가볍게 짚고 있었다.

"네가 나를 덮어 주려고 했던 건 알고 있다, 내 사랑. 하지만 나는 아직 덮이지 않았다. 그리고 이것이 내 마지막 힘이라 해도, 너에게는 충분하고도 남는다. 나는 네 친구를 아주 잘 안다. 그는 내 마음에 꼭 드는 아들이 되었을 것이다. 그래서 네가 그 모든 해 동안 그를 속여 온 거다. 그게 아니라면 또 무슨 이유가 있겠느냐? 내가 그를 위해 울지 않았다고 생각하느냐? 그래서 네가 서재에 틀어박혀 아무도 방해하지

못하게 하고 '사장님은 바쁘다'고 하게 만든 것이 아니냐. 단지 러시아로 보내는 그 거짓 편지들을 쓰기 위해서 말이다. 하지만 다행히도 아버지가 아들을 꿰뚫어 보는 법을 배울 필요는 없지. 네가 이제 그를 완전히 제압했다고, 네 엉덩이로 눌러도 꿈쩍도 하지 않을 만큼 눌러 버렸다고 믿는 바로 그 순간, 내 아들이 결혼하기로 결심했단 말이다!"

게오르크는 아버지의 끔찍한 모습을 올려다보았다. 아버지가 갑자기 그렇게 잘 알고 있는 듯한 상트페테르부르크의 친구의 모습이 그를 사로잡았다. 그는 광활한 러시아 어딘가에서 길을 잃은 아버지를 보았다. 텅 빈 가게 문 앞에 서 있는 아버지의 모습이 떠올랐다. 부서진 진열대와 찢어진 상품들, 쓰러진 가스등 사이에서 아버지는 간신히 서 있었다. 왜 그렇게 멀리 떠나야만 했을까.

"하지만 나를 좀 봐라!"

아버지가 외쳤다.

게오르크는 정신이 멍한 채 침대 쪽으로 달려갔다. 모든 것을 이해하려 했지만, 그는 도중에 멈춰 서고 말았다.

"그 여자가 치마를 들어 올렸기 때문이다."

아버지가 휘파람을 불기 시작했다.

"그 여자가 그렇게 치마를 들어 올렸기 때문이다. 그 역겨운 년이."

그는 그것을 보여 주듯 셔츠를 높이 들어 올렸고, 전쟁 때 입은 흉터가 그의 허벅지에 드러났다.

"그 여자가 치마를 이리저리 들어 올렸기 때문에 너는 그녀에게 다가갔고, 방해받지 않고 그녀와 관계를 맺기 위해 네 어머니의 명예를 더럽혔다. 너는 친구를 배신했고, 아버지를 침대에 묶어 움직이지 못하게 만들었다. 하지만 아버지가 움직일 수 있는지 없는지 보아라!"

그는 완전히 자유로운 자세로 서서 다리를 휘저었다. 그의 눈은 통찰력으로 빛나고 있었다.

게오르크는 아버지에게서 최대한 멀리 떨어진 구석에 서 있었다. 오래전에 그는 어떤 일이 있어도 놀라지 않도록, 우회적인 방법으로든 뒤에서든 위에서든 모든 상황을 정확히 관찰하겠다고 스스로 다짐했었다. 그는 그 오래된 결심을 잠깐 떠올렸다가, 바늘구멍에 실을 꿰듯 순식간에 다시 잊어버렸다.

"하지만 그 친구는 결국 배신당하지 않았다!"

아버지가 외쳤다. 그의 검지손가락이 이리저리 움직이며

그 말을 강조했다.

"내가 여기서 그의 대리인이었으니까."

"희극 배우!"

게오르크는 자신도 모르게 외쳤다. 그리고 곧바로 실수를 깨닫고, 너무 늦게 -눈이 굳어 버린 채- 혀를 깨물었다. 고통에 몸이 휘청거렸다.

"그래, 물론 나는 연극을 했지. 연극! 참 좋은 말이다!"

아버지가 말했다.

"홀로 남은 늙은 홀아버에게 또 어떤 위안이 남아 있었겠느냐? 말해 보아라. 그리고 대답하는 그 순간만큼은 네가 아직 내 살아 있는 아들이라고 치자. 불충한 하인들에게 쫓기며, 뼈 속까지 늙어 버린 내가 내 안방에서 무엇을 할 수 있었겠느냐? 그런데 내 아들은 환호 속에서 세상을 돌아다니며, 내가 준비해 둔 거래들을 성사시키고, 즐거움에 빠져 아버지 앞에서는 명예로운 사나이의 굳은 표정을 지은 채 떠나 버렸다. 네가 나를 떠났는데도 내가 너를 사랑하지 않았다고 생각하느냐?"

"이제 몸을 굽힐 거야."

게오르크는 속으로 생각했다.

"곧 쓰러져 산산이 부서질 거야."

그 생각이 그의 머리를 스쳐 지나갔다.

하지만 아버지는 몸을 굽혔을 뿐 쓰러지지 않았다. 게오르크가 예상했던 것처럼 다가오지 않자, 그는 다시 곧게 일어섰다.

"거기 그대로 서 있어라. 나는 네 도움이 필요 없다. 너는 아직 여기까지 걸어올 힘이 있지만, 단지 네 마음대로 하고 싶어서 주저하고 있는 것뿐이다. 착각하지 마라. 나는 여전히 훨씬 더 강하다. 혼자였다면 어쩌면 물러서야 했을지도 모른다. 하지만 네 어머니가 내게 힘을 주셨고, 네 친구와는 훌륭하게 결속되어 있다. 그리고 네 고객들의 명단은 이미 모두 내 주머니 속에 들어와 있다!"

"셔츠만 입고도 주머니가 있다니."

게오르크는 속으로 중얼거렸다. 이 말 한마디로 그를 완전히 망신 줄 수 있을 것 같았다. 그러나 그는 늘 그렇듯 그런 생각을 곧 잊어버렸다.

"약혼녀에게만 매달리지 말고 나에게로 와 보아라! 내가 네 곁에서 그녀를 쓸어버릴 테니, 너는 상상도 못 할 것이다!"

게오르크는 믿을 수 없다는 듯 얼굴을 찡그렸다. 아버지는 고개를 끄덕이며 자신이 한 말의 진실을 강조하듯 그를 바라보았다.

"오늘 네가 와서 친구에게 약혼 사실을 써야 할지 물었을 때 내가 얼마나 즐거웠는지 아느냐? 그 녀석은 이미 다 알고 있다. 이 멍청한 녀석아, 다 알고 있다고! 네가 내 필기구를 치워 두는 걸 깜빡한 덕분에 내가 대신 써 주었단 말이다. 그래서 그가 몇 년째 오지 않는 것이다. 그는 너보다 백 배는 더 잘 알고 있다. 네 편지는 읽지두 않고 왼손으로 구겨 버리면서, 오른손으로는 내 편지를 늘고 읽고 있다!"

그는 흥분에 겨워 팔을 머리 위로 휘둘렀다.

"그는 천 배는 더 잘 알고 있다!"

"만 배는 더 잘 알고 있겠지."

게오르크는 아버지를 비웃으려 했지만, 입 밖으로 나온 말은 죽은 듯이 엄숙하게 들렸다.

"몇 년째나 네가 이 문제를 꺼내기를 기다리고 있었다. 내가 다른 일에 정신이 팔려 있다고 생각했느냐? 내가 신문을 읽고 있나고 생각했느냐? 자, 이것을 봐니!"

그는 침대까지 들어온 신문 한 장을 게오르크에게 던졌다. 그것은 오래된 신문이었고, 거기에는 게오르크에게 전혀 낯선 이름이 실려 있었다.

"네가 성숙해지기까지 얼마나 오래 망설였느냐! 네 엄마는 세상을 버려야했다. 그 기쁜 날을 보지 못하고 말이다. 친구는 러시아에서 망가져 가고 있고, 벌써 3년 전부터는 버려질 만큼 형편없어졌다. 그리고 나는, 보아라, 내 처지가 이렇지 않느냐. 너도 눈이 있으니 알겠지!"

"그러니까 저를 기다리고 있었군요!"

게오르크가 외쳤다.

아버지는 동정 어린 목소리로 덧붙였다.

"아마 그 말을 더 일찍 하고 싶었겠지. 하지만 지금에 와서는 이미 늦었다."

그리고 목소리를 높여 말했다.

"이제야 너 말고도 다른 세상이 있다는 걸 알게 되었구나. 지금까지는 오직 너 자신밖에 몰랐지! 겉으로는 순진한 아이 같았지만, 사실은 악마 같은 인간이었다! 그러니 명심해라. 나는 지금 너에게 물에 빠져 죽는 형벌을 선고한다!"

게오르크는 방에서 쫓겨난 듯한 느낌을 받았다. 아버지가 뒤에서 침대에 쓰러지는 소리가 아직도 그의 귀에 울리고 있었다. 마치 경사진 길을 달리듯 그는 계단을 뛰어 내려갔다.

판결 169

밤새 어지러진 집을 정리하러 올라오려던 하녀와 부딪쳤다.

"세상에!"

그녀는 앞치마로 얼굴을 가렸지만, 게오르크는 이미 사라진 뒤였다. 그는 대문을 뛰어넘어 길을 가로질러 강가로 달려갔다. 난간을 굶주린 사람이 음식을 움켜쥐듯 꽉 붙잡았다. 젊은 시절 부모의 자랑이었던 뛰어난 체조 선수답게 그는 몸을 날렸다. 점점 힘이 빠지는 손으로 난간을 붙잡은 채, 난간 사이로 자신의 추락 소리를 덮어 줄 버스를 발견하고는 조용히 말했다.

"사랑하는 부모님, 저는 언제나 부모님을 사랑했습니다."

그리고 그는 몸을 던졌다.

그 순간 다리 위에는 끝없이 많은 차들이 지나가고 있었다.

메밀꽃 필 무렵

사실주의와 낭만주의가 혼합된 독특한 문체로, 서정적이면서도 섬세한 인간 심리의 묘사가 특징적이다.

이효석 지음＿ 180쪽＿ 13,000원

날개

그의 소설들은 현실과 비현실의 경계를 허물며, 초현실적이고 환상적인 세계를 보여주며, 비논리적이고 모호한 요소들이 많이 등장한다.

이상 지음＿ 180쪽＿ 13,000원

운수 좋은 날

그의 소설들은 사회적 부조리와 인간의 고통을 직시하는 요소들이 많이 등장하고, 현실주의 문학의 새로운 지평을 열었다고 평가받고 있다.

현진건 지음＿ 180쪽＿ 13,000원

감자

그의 소설들은 한국 근대문학의 성격을 현대문학으로 전환시키는 데 기여하였으며 그의 작품은 사실주의 문학의 새로운 지평을 열었다고 평가받고 있다.

김동인 지음＿ 180쪽＿ 13,000원

벙어리 삼룡이

그의 소설들은 일제강점기 시대 사회적 억압 속에서 살아가는 인물들의 삶을 섬세하게 그려내며, 당대의 부조리를 직시하고 고찰하는 새로운 접근 방식을 제시한다.

나도향 지음＿ 180쪽＿ 13,000원

카프카 단편선
변신·시골의사·판결

초판 1쇄 발행 2026년 4월 25일

지은이 프란츠 카프카
옮긴이 리터링크
펴낸이 백광석
펴낸곳 다온길

출판등록 2018년 10월 23일 제2018-000064호
전자우편 baik73@gmail.com

ISBN 979-11-6508-666-4 (03850)